我想，把这个世界读给你听

李尚龙——著

江苏凤凰文艺出版社

图书在版编目（CIP）数据

我想把这个世界读给你听 / 李尚龙著. -- 南京：江苏凤凰文艺出版社，2024.10. -- ISBN 978-7-5594-9030-8

Ⅰ. I267

中国国家版本馆CIP数据核字第2024SC0730号

我想把这个世界读给你听

李尚龙 著

责任编辑	杨威威
特约编辑	张璞玉
封面设计	末末美书
版式设计	豆安国
责任印制	杨 丹
出版发行	江苏凤凰文艺出版社
	南京市中央路165号，邮编：210009
网 址	http://www.jswenyi.com
印 刷	北京中科印刷有限公司
开 本	880mm×1230mm 1/32
印 张	8
字 数	146千字
版 次	2024年10月第1版
印 次	2024年10月第1次印刷
书 号	ISBN 978-7-5594-9030-8
定 价	56.00元

江苏凤凰文艺出版社图书凡印刷、装订错误可随时向承印厂调换，联系电话025-83280257

北京华景时代文化传媒有限公司 出品

目 录

001 《红与黑》
关于阶层飞跃,这个世界有没有解?

012 《蝇王》
什么会滋生坏人?

021 《乌合之众》
为什么要警惕群体效应?

028 《杀死一只知更鸟》
什么才是真正的善良?

041 《月亮与六便士》
你是想朝九晚五还是想浪迹天涯?

049 《茶花女》
真正的爱情，需要什么？

058 《百年孤独》
人类的孤独有多少种？

070 《当我谈跑步时，我谈些什么》
跑下去，你能看到什么？

080 《老人与海》
当遇到挫折时你要读的书。

089 《麦田里的守望者》
青春的叛逆，到头来总会让人后悔。

103 《献给阿尔吉侬的花束》
你给生命做减法还是加法？

110 《了不起的盖茨比》
真正的富足是什么？

120 《飘》
每个女生,都能活成一阵风。

132 《不能承受的生命之轻》
你愿意过怎样的人生?

144 《悉达多》
你所知道的,只是你的衣服。

151 《第二性》
你可以成为任何可能的模样。

159 《安娜·卡列尼娜》
人的生命力和道德哪个重要?

168 《包法利夫人》
人的欲望底线是什么?

178 《刀锋》
人生有无数的可能。

187 《瓦尔登湖》
你的生活其实还有其他选择。

195 《失明症漫记》
如果有一天,我们都看不见了……

206 《洛丽塔》
控制欲最终会毁掉一个人。

216 《圣诞颂歌》
只要心怀改变的愿望,我们的生活就可以焕然一新。

230 《克拉拉与太阳》
人心到底是什么?我们能定义人心吗?

《红与黑》
关于阶层飞跃,这个世界有没有解?

在西方经典文学里,如果让我选一个特别让人上头的故事主人公,我觉得一定是《红与黑》里的于连。因为他会让我持续问自己一个问题:我想变得有钱有权,有错吗?

《红与黑》是法国作家司汤达在19世纪创作的一部小说。20世纪八九十年代,这部小说曾在中国读者中十分流行,咱们父母那一代文艺青年几乎都看过。尼采说,司汤达是他"此生最美丽的邂逅之一",说他是"法国最后一位伟大的心理学家"。

我之所以喜欢于连,是因为他绝对是亦正亦邪的代表,这个人被刻画得太好了。他是个反派吗?不是。是个正派吗?也不是。那你说这个人为什么让人又爱又恨,因为他就是我们常常在网上看到的那种故事主角:一个社会底层青年，不甘于重复父辈们的生命轮回，要凭借自己的努力打破社会的壁垒，为自己谋得上升通道。但你说他做得对吗？当然不对。

司汤达说于连就是他自己，就跟福楼拜说包法利就是他一样。

司汤达生于1783年，六年后法国大革命爆发。他早年丧母，父亲是一个有钱的律师，他在家庭中受到束缚，感到压抑，加上法国大革命的激进思想，让他从小就憎恶他父亲。憎恨父亲是从阶层壁垒问题开始的，他开始思考一个底层人爬到高层，会不会受欢迎。当然，我想他的回答是：不会。司汤达爱自己的外祖父，在外祖父的影响下，从小开始阅读伏尔泰、孟德斯鸠和卢梭的作品，并且他在法国大革命前，竟然真的见到了伏尔泰。榜样的力量是无穷的，于是，他立志成为一个作家。

1800年5月，司汤达投奔拿破仑军队，他太喜欢拿破仑了，觉得这样的人才是自己的偶像。当然我们知道，在拿破仑帝国垮台之后，司汤达一度逃到米兰，虽然穷了一段时间，但波旁王朝复辟后司汤达又杀回去了，毕竟当年也为别人卖过命，这下子生活好了。他每年能够支取900法郎的军饷和1000法郎的年金，这些钱让他得以进入上流社会，但你仍然能从他的作品中看到他对所谓上流社会的思考。

我曾经看过一篇文章,讲的是巴尔扎克和司汤达的文学区别,看完特别有感触:巴尔扎克的作品中有对物质的追求,但司汤达没有,他的小说主人公和他本人一样是在追求幸福。于连想要活下来基本上没问题,但是,他就是有那么大的野心,他所追求的幸福标准远高于一般人,怎么办?

说回《红与黑》,为什么叫红与黑?

每个人都有自己的理解,红色可能代表左翼的自由派,黑色代表教会支持的保皇党。黑色可以是黑暗,红色可以是革命。但我认为两种颜色代表了两种上升通道:红为参军,黑为教会。这是当时人们上升的两条途径。

《红与黑》的故事发生在维里埃尔,是一个虚构的三线小城。主人公于连,是一个木匠的儿子,从小就很努力而且极具天赋。他厉害到什么程度?可以用拉丁文背诵《圣经》,这基本上算是状元水平了。他希望通过自己的努力爬到上层阶级,可是,他做不到。因为他谁也不认识。

故事从市长这边开始,市长是个典型的贵族,看不起暴发户瓦尔诺先生,可是瓦尔诺竟然买来两匹好马,让市里所有人都争先恐后看到他。市长脸上挂不住,心想,我一定要盖过你的风头。于是他灵机一动,请来于连做儿子的家庭教师。这个举动确实也帮市长赚足了面子,当时在家里养个家庭教师才是贵族风范。

人总是因为意外而获得机会，于连就是因为这样一个意外，才有了接触市长的机会——准确来说——上升的机会。在等级森严、阶层固化的法国社会中，不是每个人都有这样的机会。市长很早就对三个儿子的前途做出了规划：大儿子当军人，二儿子当法官，三儿子当教士。这看起来平平无奇，但如果我们仔细想一想就会发现，这个规划等于打通了军队、司法和宗教各路系统。如果这是一个当时社会教育规划的写照，那权贵的逻辑就是要把自己的钱传承给儿子们，所有资源必须给到子孙后代。

市长有一个年轻漂亮的妻子叫瑞那，在修道院长大，她不喜欢自己的老公，但也不能选择，于是她把心思全放在教育三个孩子身上。

最初，她以为于连是一个满面污垢的乡下佬，谁知见面，傻了：面前这个年轻人，白皙帅气，眼睛温柔动人。她很快对于连产生了好感。

聪明的作者没有让他们立刻产生感情，而是在中间夹了一个人——夫人的女仆爱丽沙。她也爱上了于连，但于连拒绝了女仆爱丽沙的爱情。因为于连志不在此，他想通过暧昧的关系爬到更高的位置。夫人得知此事心里异常高兴：孺子可教。

在一个夏天，市长一家搬到乡下花园别墅居住，晚上乘凉的时候，全家聚在一株菩提树下，于连无意间碰到了瑞那夫人的手，夫人缩回去了。于连以为瑞那夫人看不起他，便决心必须握住这只手。第二天晚上他果然做了，瑞那夫人的手被于连偷偷地紧握着，满足了他的自尊心。

瑞那夫人被爱情与道德责任折腾得死去活来，不知道自己该如何是好。她决定跟于连划清界限，可是当于连不在家时，她又忍不住思念他。而于连也变得更大胆，他在心里暗想："我应该再进一步，务必要在这个女人身上达到目的才好。如果我以后发了财，有人耻笑我当家庭教师低贱，我就让大家了解，是爱情使我接受这位置的。"

我们回到瑞那夫人身上，其实很容易理解她，虽然她早就当上了母亲，但心态上一直是一个少女。没谈过恋爱，那么早就结婚，她在看到于连后，瞬间融化了。

而于连不断逼迫自己完成一些小小的壮举，比如，今晚一定要碰到市长夫人的手臂，他将其称为"职责"。一个为了爱情，一个为了权力。干柴遇烈火，在这一瞬间，燃烧了起来。在社会学中，促成阶层流动的条件有很多，例如军功、家世、学习、婚姻等，可是，于连为什么只能走向这条路呢？这是整个故事最值得思考的。

后来国王到访维里埃尔，在瑞那夫人的安排和运作下，于连果然拿到了上好的资源：他被聘用为仪仗队队员。于连出尽了风头，光宗耀祖。瑞那夫人帮他挤掉富家子弟，就为了一睹情人穿军装的英姿。此举让上层阶级的人愤恨不已，大家不能理解，木工的儿子竟然和出身高贵的子弟平起平坐。但对于于连而言，这算什么？他看到主持朝圣仪式的年轻主教，只比他大了六岁。

于是，他暗下决心："宁愿受宗教的制裁，也要达到令美人羡慕的境界。"

这回他的理想又大了——我不确定这叫理想还是叫欲望。我没有在上层社会里待过，我想假如我处在于连所在的环境，也有机会去握主教的手，身边都是达官显贵，我会不会有更蓬勃的理想。

但这个世界不会被他的理想或欲望左右，仪仗队事件触犯众怒，市长收到匿名信，告发他的妻子和家庭教师通奸。他担心如果把妻子赶出家门，自己将失去一大笔财产，自己的名誉也会扫地，于是决定冷处理，一边想办法，一边当作不知道。幸运的是，一次有人向西朗神父忏悔时，又谈到于连与瑞那夫人的秘密关系，神父跟于连关系好，赶紧让他离开小城，前往贝藏松修道院进修。这个举动帮助于连逃过一劫。

经引荐，于连成为侯爵的秘书，他找到了另一条路。侯爵和他的关系看起来亦师亦友，但并不能代表两人是平等的，因为无论于连再怎么厉害，都无法改变他不好的出身。侯爵欣赏他的才华，逢人就介绍他是某个大贵人的私生子，而非木匠的儿子。在那个等级森严的法国，上层的人也不敢相信来自底层的年轻人竟然可以如此优秀。

直到于连遇到了侯爵府的大小姐玛特尔。起初，于连并不爱玛特尔，她清高傲慢，但想到"她能把好地位带给她丈夫"时，便开始热烈地追求起她来。玛特尔也知道于连出身低微，但她言情小说看多了，怀着一种浪漫感，心想，我能和一个比我阶层低那么多的人恋爱，我太感动了，我太了不起了。因此，她在花园里主动挽着于连的胳膊，还主动给他写信倾诉爱情。玛特尔看不起平庸的贵族子弟，他们拥有的一切都是先天继承的。在她看来，于连不同，他今时今日能出现在侯爵府，全凭个人奋斗。

于连也逐渐明白，女人是不同的，对待市长夫人的那套体贴温柔的方式，在玛特尔面前完全没用，她就是一个看了太多言情小说而"疯了"的姑娘。对她好没用，必须整她，用现在的话说，就是PUA（此处指在恋爱关系中，于连通过对玛特尔使用言语打压、行为否定、精神打压等方式，对其进行情感操控和精神控制）她。

于是于连故意寡言少语，耍酷卖帅，霸气十足，但玛特尔真地吃这一套。她请求于连做她的"主人"，自己将永远做他的奴隶，表示要永远服从他。

不久，玛特尔发现自己怀孕了，她写信告诉父亲，要他成全他们的婚事。侯爵在爱女的坚持下，一再让步，先是给了他们一份田产，准备让他们结婚后搬到田庄去住；随后，又给于连寄去一张骠骑兵中尉的委任状，授予贵族称号。此时，于连已经有了自己的小九九，他盘算着在三十岁时就能做到司令，可谁也没想到，侯爵收到市长夫人的来信。夫人在信中坦露了曾和于连通奸的过往，这一封举报信让于连声名狼藉，眼看到手的荣华富贵就要溜走。

于连一时冲动，匆匆返回维里埃尔，购得手枪后直奔教堂。正值瑞那夫人祷告，他鲁莽开火，两枪打倒夫人。于连在教堂内行凶，随后被囚。他在狱中冷静下来，悔恨自己的草率行为，感到羞耻。好在瑞那夫人伤而未死，出于宽容，她让狱吏对于连手下留情。同时，玛特尔也从巴黎赶来，为解救于连四处奔走。但他一点也没感动，只是觉得愤怒，于是有了法庭上最后高潮的一幕：

于连说："我绝不是被我的同阶级的人审判，我在陪审官的席上，没有看见一个富有的农民，而只是些令人气愤的资产阶级的人。"

也就是因为这段话，我们突然明白，他这一路虽然是自己走下来的，也当然是有罪的，但他好像没有什么其他选择。法国社会必须严惩他，因为他伤害了高贵善良的市长夫人，更因为他胆敢混入上流社会。他必须死，法国上流阶层要借着惩罚他来杀一儆百，告诫那些想要扰乱阶级秩序的青年，待在自己的位置上，守住自己的秩序，否则的话，就只能像他一样。

但我们知道，于连其实就是拿破仑、丹东、罗伯斯庇尔……正是当时法国社会中这些"不稳定"的人，不愿意遵循制度，才有机会夺走上层阶级的财富、地位和权力，变成他们，代替他们。

最后，于连拒绝了赦免。在他眼里，这是贵族的施舍。于连用近乎自杀的行为为自己的生命画上了句号。在一个晴朗的日子里，于连走上了断头台。我读到这儿的时候，有一丝遗憾和难过，他想提高自己的阶层没有错，可惜用错了方法。

回望于连短短的一生，木匠的儿子发愤读书，成为市长儿子的家庭教师，因为教会的关系当上侯爵的秘书，又凭借个人魅力俘获了侯爵女儿玛特尔的芳心，进入了心心念念的军队。转眼间，又一无所有，丢了性命。

人生一个个瞬间，都如过眼云烟。这些起起伏伏，原来也都是眨眼间。

这个故事为什么经久不衰？是因为就算放到现在，我们也能看到这样的人。网络上常有类似的热点故事：比如一个女人通过恋爱、婚姻实现了阶层的飞跃，比如一个男人娶了富婆突然有钱了。可是在19世纪，就已经有《红与黑》这样的作品，主角还是一个男人。网络上大家在谴责一个女人通过婚姻提高阶层时，忘了《红与黑》里也有一个男人在苦苦追求着"幸福"。

入狱前的于连执迷于世俗的成功，"宁可死上一千次也要飞黄腾达"，入狱后的于连犹如遭了当头棒喝，终于认识到何谓幸福，收获了心灵的宁静。他之所以能坦然赴死，是因为此生已无牵挂。司汤达对"幸福"两字情有独钟，他十分喜欢引用一句献词：献给少数幸福的人。是啊，幸福的确是少数人的。那么于连是幸福的吗？再问得深一点，他错了吗？

于连个性中最迷人之处是他的反抗意识。他知道自己很有才华，也明白法国上流社会的平庸。于是他觉得"彼可取而代之"。他冒着刘邦曾冒的风险逆袭，成了则"一将功成万骨枯"，败了则掉脑袋。

司汤达曾经说过："到1880年，将有人读我的作品。""到1935年，人们将会理解我。"

我想，他没有想到，到了21世纪，人们还是不能理解，于连是对还是错。

应当说，于连的经历与"奋斗"，符合我国的一句俗话：人望高处走，水往低处流。但于连的"奋斗"，手段不可取，尤其是后来的买枪伤人，触犯了刑律被处死，此乃罪有应得。

《蝇王》
什么会滋生坏人？

西方人和中国人对人性的看法有着本质的不同：西方人认为人是有罪的，而中国人普遍认为"人之初，性本善"，到底谁对？我没有答案，但我认为这跟环境息息相关。带着这样的思考，我翻开了英国作家戈尔丁的小说《蝇王》。戈尔丁参加过二战，感受到了战争的恐怖。很多作家在遭遇战争后写的都是现实主义题材，但是戈尔丁不一样，他写了一个"童话"，用"童话"去探讨什么情况下人性会变恶。

故事发生在未来第三次世界大战后，那时世界爆发了核战争，一群六岁至十二岁的儿童因飞机失事被困在一座荒岛上，没有成年人的陪伴。这种岛屿故事的结构现在已经很常见了，比如黄渤的《一出好戏》、美剧《迷失》等都是这么开始的。在故事里，岛屿有两个好处：第一，样本没有被污染；第二，规则要被重新建立，从零建立。没有规则时，人的本性就会显露，吃饱肚子第一位，拳头硬的自然是老大。

最先出场的是一个胖胖的、戴着眼镜的叫猪崽的孩子，作者用他的视角带出了主人公拉尔夫，拉尔夫长得很结实，书里说他有一副拳击手的身板。他捡到了一只漂亮的海螺，可以把海螺像号角一样吹响，于是孩子们就从四面八方聚集过来了，其中有一队穿着唱诗班制服的孩子，他们和别人不一样，他们在班长杰克的带领下，不慌不乱，秩序井然。

一群孩子被困在岛上，他们的第一反应不是害怕，而是兴奋，心想妈呀，爸妈终于不管我们了，使劲儿造吧。可是，再怎么造都还是要吃饭的，没有了大人的管束，就该自己管自己了。怎么管呢，就从登记姓名、选举首领开始。大家希望有个头儿，显而易见，最适合当头头的还是杰克，他带着自己的嫡系部队。然而，拉尔夫泰然自若地坐着，沉着冷静的态度十分引人注目，还有他那高大的身躯，迷人的外表，最让人难忘的就是他吹过的螺号。

"选他，拿螺号的！"

"拉尔夫！拉尔夫！"

"选拿螺号的当头头！"

拉尔夫赢得选举可谓顺理成章，但杰克不高兴了，矛盾的种子也就在这时候埋下了。

岛上有淡水、椰子、香蕉，虽然不会饿死，但因为没肉也吃不好。作为领导，拉尔夫下达了一个重要指令：点起一个火堆，这样一来过往的船如果能看见，大家就能被救走了。这是他们的求生本能，于是，他们借用猪崽的眼镜生了火。

接着，拉尔夫带着大家开始了分工合作：有的负责24小时守火堆，有的收集淡水，有的采野果。拉尔夫为了稳住杰克，让他继续当唱诗班的统帅，只不过改了一个名字，叫猎手。有了分工，就有了权力，有了权力，就有了一个问题：为什么那个有权力的人不能是我？

书里有段话是这么写的：他们服从螺号的召唤，部分是因为那是拉尔夫吹的，他有成年人的身材，足以与成人世界的权威相联系；部分是因为他们喜欢集会，把集会看成一种乐趣。

在很长一段时间里，孩子们过着完全不同的生活：拉尔夫已经被管理工作折磨得心力交瘁，杰克在狩猎野猪的过程中对杀戮产生了莫名的迷恋。为了更好地隐蔽自己，杰克把脸涂成野人的样子，习惯性地手舞足蹈，笑声变成嗜血的狂叫。疯狂下，杰克和他的狩猎队越来越"能征善战"了。他们用自制的标枪围捕野猪，为大家提供了最诱人的肉食。有了肉就意味着有了最稀缺的资源，有了稀缺资源，就意味着权力要分化了。

刚好，这时大家总能听到奇怪的声音，吓得要命，怀疑岛上有怪兽。这时候，拉尔夫和猪崽站出来了，告诉大家不要害怕。猪崽还给了科学的解释，他说，这个岛的生态系统太简单了，最多只能供养野猪，要是有怪兽，早就被饿死了。这时候，那个叫杰克的也站出来了，给了一套完全不同的解决方案：怪兽不可怕，干它。

说着就把木棍削尖了当武器，要带着大伙到森林里和野兽战斗。在他的煽动下，许多小孩觉得杰克更男人，于是跟着杰克走了。这一下，孩子们分裂了，拉尔夫的团队和杰克的团队开始争夺领导权。

拉尔夫团队只负责生火，无聊，而杰克带领的那群孩子不停地谈论着狩猎的经过。说着说着，就会有人模仿起野猪临死时候的样子，其他人自发地围拢过来。

没人见过怪兽，但总是会害怕，这种害怕在杰克带领狩猎队再次猎杀了一头野猪之后，慢慢开始发酵。他命人把一根木棍两头削尖，一头插进石缝，然后说："举起猪头，插在木棍的尖端上面，往下压。"棍子从柔软的喉头一直穿到猪嘴。他往后站着，猪头就在那里挂着，鲜血顺着木棍流下。

杰克大声道："猪头是留给怪兽的。这是一件礼品。"

寂静接受了礼品。孩子们开始畏惧起来。猪头依然在那里，眼睛黯淡。猪嘴稍微裂开，似乎在微笑，牙齿间的污血正在变成黑色。孩子们一下子拼命跑开，穿过森林，朝着开阔的沙滩奔去。

这个举动让杰克声名大振，人们开始疯狂了。很多人觉得杰克说得很对。不仅如此，杰克还把野猪烤了，给大家分肉吃。这帮孩子都吃了一个多月的香蕉了，头都吃黄了。那个烤肉的味儿一飘过来，顿时折服了，果然，没有什么是一顿烧烤解决不了的。后来，大部分孩子跟杰克走了，只剩下很少几个人跟着拉尔夫。

人一旦开始疯狂，理性就会荡然无存。这个时候，有一个人还是有理性的，这个人就是拉尔夫，拉尔夫最关心的是篝火，因为只要篝火不灭，路过的船只就很容易发现他们，这是全体获救的唯一方案。

但是，要保持篝火不灭并不容易，它需要专门的人手，而人力资源也是狩猎队急需的。

所以这些孩子面前有一个重要选择：

长远利益和眼前利益哪个重要？如果不吃肉，那么每天的日子太痛苦，就算篝火被保护得再好，什么时候才会有船？更何况，为什么偏偏是自己去守护？最后有船来还不是一起走？

就这样，局面变得越来越不可收拾。先是杰克一伙偷袭了拉尔夫的营地，偷走了猪崽的眼镜——那是岛上唯一可以用来生火的工具；接着火彻底灭了；最后拉尔夫和猪崽找杰克理论，他们骂杰克有多野蛮，骂大家有多糊涂，而且拼命追究火堆熄灭的责任。谁能想到杰克直接推了拉尔夫，拉尔夫没还手，杰克手下一看拉尔夫这么怂，就开始朝他们俩扔石头。一块石头砸到猪崽的脑袋上，猪崽没站稳翻到悬崖下，摔死了，海螺也摔碎了。

他们其实完全没有杀掉猪崽的必要，但还是下手了。杀戮的快感使他们的野心膨胀。当猪崽从杰克身边走过的时候，戈尔丁写道："他从首领身边侧身而过，仅仅肩膀没有撞着他。"短暂的安静后，孩子们一看，有人死了，不仅没有害怕，反而兴奋了，之前手上沾的是猪血，现在沾的是人血，杀戒可以开了。杰克大喊一声：杀野猪，放它血！所有人都冲出来了，但追杀的不是野猪，而是拉尔夫。拉尔夫躲到树林里，杰克下令放火烧森林，整个小岛烧成了一片火海。

拉尔夫花了很长时间才使自己相信，杰克一党真的要置自己于死地。猎手们找到了拉尔夫，准备杀死他，他摔倒在海滩上，不住地打滚儿，然后趴下来，举起手臂护住要害，准备求饶。但是，当拉尔夫摇摇晃晃地站起来，准备舍弃生命的时候，却看到了一名海军军官和他身后的一艘快艇。

原来是林火引起了一艘英国军舰的注意，救援者在最意想不到的时刻出现了。

军官看着狼狈的拉尔夫，又看了看不远处的猎手们，还误以为他们在玩什么游戏，误以为意图烧死拉尔夫的林火是孩子们发出的求救信号。过了好一会儿，他才发现岛上的局面并不像自己一开始想象的那样单纯。直到他让孩子们都上船，拉尔夫才第一次放声痛哭。他泣不成声，浑身抽动。

书里说："面对这座黑烟滚滚，将要化成焦土的海岛，他的哭声越来越高。在这种悲痛气氛的感染下，其他小孩子也抽搐、啜泣起来。蓬头垢面的拉尔夫站在他们中间，为人失去天真，为人心的邪恶，为正直聪明的朋友猪崽死于非命而悲伤。"

这个小说写到最后，我想，大家也看懂了。

这个岛会闹到这般田地，就是因为蝇王在，而蝇王其实就是希伯来语里"万恶之源"的意思，所谓万恶之源，就是藏在我们每个人的人性里，洗不净、抹不掉的人性恶。

关于人性善恶，历史上有太多的话题。如果大家感兴趣，可以看一部电影和一本书，电影叫《浪潮》，书叫《乌合之众》。

我总结了三点，只要这三点都存在，恶的温床就滋生了：

第一，共同的敌人，不管是真实的还是虚拟的。

第二，必需的需求，无论是物质的还是精神的。

第三，非理性的领导，忽视现实和事实。

在世界的很多历史时期里，我们都能看到这三点导致的类似的悲剧。我们对应着来看这个故事：

第一，共同的敌人。大家想象出来的那个怪兽，就是共同的敌人。一个团体在什么时候会变得最团结？就是在面对共同外部敌人的时候，这时候每个人都有天然的安全感需求，都有紧密团结在一个强人身边的需求。这种团结有一个天然的副作用，就是会让这个团体对外变得很有进攻性。这一点从美国就能看出来，美国一直都有假想敌，因为它本来就是由一些不团结的州组成的，它的假想敌从一开始的德国到俄罗斯再到中国。只有有假想敌，它才能团结，才能叫United。

第二，必需的需求。在故事里就是对温饱的需求。在小说里，就是孩子非常想吃肉。因为你饿，就必须追求，怎么去追求？谁那里有肉我就跟谁。杰克有肉，我跟他，不管对错，谁有吃的，我就跟谁。

第三，非理性的领导。所谓非理性，就是不尊重事实。杰克向孩子们传达了一个错误观念，我们之所以没肉，是因为有怪兽。他又进一步提出，为了消除所谓的怪兽威胁，应该除掉那些阻碍团队和谐的成员，比如拉尔夫。人是社会动物，只要我们和主流同步，就会觉得自己错不到哪去。但只要一落单，我们第一反应就是开始怀疑自己的判断，感到不安和不确定。这种现象在集体心理学中被称为集体无意识，它揭示了人们在群体中容易受到非理性思维的影响。在非理性的氛围中，领导者可能会不顾事实做出判断，而个体可能会在群体压力下做出违背自己道德标准的恶行。

　　说回最开始的话题，人性到底是善还是恶的？我觉得，人性并不存在善恶，合理的制度是引导人们向善的关键。就好比健全的法律是制约校园暴力的强有力的保障；良好的中小企业创业环境会带动更多人创业。不完善的甚至是坏的制度，就会滋生坏人，而好的制度，是滋生善良人性的必要条件。

《乌合之众》
为什么要警惕群体效应？

2008年3月13日在德国上映了一部根据真实故事改编的电影，叫《浪潮》。故事讲述了高中教师赖纳·文格尔通过课堂实验的形式带领学生体验法西斯独裁制度。在这个故事里，导演提出了一个问题：制造一个纳粹集体，要几天？

在一所德国小镇的中学校园里，一位历史老师在讲解独裁统治的课上提出了一个问题：独裁统治在当代社会还有没有可能发生？学生们都笑了，心想，这二战都过了多久了，总理都道歉了，还有啥好探讨的。

接下来，这位老师和他们班上的学生们做了一个模拟独裁政治的实验，他给这个班级组织取名为"浪潮"。他开始引导学生们设立统一的口号、用一致的打招呼方式和见面礼仪，穿同款的服装，还有一样的标志。最可怕的是，不允许不同的声音。短短三天之后，这个班级的学生失控了，忽然都对自己的组织确立了高度认同，他们团结、亢奋而激进，所有持反对意见的同学被视为异类，甚至不让他们进教室。经过一次次的升级后，同学们分成了两派："浪潮组织"和"非浪潮组织"。后来，在同其他班级的一次群体斗殴中，历史老师意识到了事态的严重性，于是把全班学生召集起来宣布实验结束，组织解散。但是，谁也没想到，一个学生竟然因为"信仰"幻灭，开枪打伤一名同学后自杀了。

我看完这部电影后久久不能平静，因为这样的实验其实发生在我们身边的每一个角落。这样的思想也从很早就有了，古斯塔夫·勒庞——法国著名社会心理学家——因为受这种思潮困扰，写下了不朽的名著《乌合之众》，于1895年首次出版，也因此开创了一个全新的研究领域：群体心理学。

有人批评勒庞，说他书里的研究不够严谨——比如说，怀疑他把个人的猜想当作结论，缺乏严密的学术论证等，但有趣的是，他说的所有话，在二战的德国、日本都得到了印证。

勒庞很早就开始研究群众心理学。20世纪20年代，他的思想达到了顶峰。后来很多领袖和主席都是他的粉丝，美国总统西奥多·罗斯福就坚持要会见勒庞，他曾经认真阅读了勒庞的作品。但其中最循规蹈矩地跟随勒庞，并坚定地视他为偶像的，是希特勒。

那什么是乌合之众呢？

乌合之众，指的是一种群体，但不是说简单一群人聚在一起就是群体了。它描述的是一群人在某些特定情境下形成的临时的心理群体，这些群体成员在集体心理的影响下，表现出跟他们作为个体时不同的行为特征。

比如生活中，一款产品或者服务上市成为爆款之后，商家都在卖，消费者都在买，甚至有的时候大家根本搞不清楚这个产品有什么用，就开始跟着买，这些跟风购买的消费者就是这样一种群体。

还有在社交媒体上，某些话题或信息可能会迅速获得大量关注和传播，即使这些信息可能是未经验证的谣言或错误的。例如，一条关于名人的虚假新闻在短时间内被大量转发，即使后来被证实是虚假的，但已经造成了广泛的影响。

乌合之众有哪些特点？

第一个特点就是**群体智力的下降**。人但凡在集体里，就不容易有独立思考的能力，人云亦云，谁声音大就跟谁走。有一个很有趣的问题，当许许多多的个体汇集成一个群体后，这个群体的智力，会是人们的智力叠加的总和吗？会变得更聪明吗？换句话说，真的是"人多力量大"吗？在思想方面不是。庞勒认为，群体的智力是低于个体平均智力水平的。他还提出了一个大胆的结论：群体只乐于接受简单明了的号召和主张，不关心证据和论述，不进行分析和判断。越是迎合人群基本需求的简单主张，越容易得到群体的拥护支持。因为整体的智力下降，所以群体特别易于被暗示所误导，相信并传播荒诞不经的谣言，接受稀奇古怪的理念。

第二个特点就是自信心爆棚，敢想敢干，横冲直撞，做事不经过大脑思考，只要一件事能挑动荷尔蒙，人们就能勇往直前，不计后果。作为个体，很多人对"胆大妄为"的事情不过是想想而已，有时候可能连想都不敢去想。就比如我一个人肯定不敢进鬼屋，不过如果有一群人跟我一起，我就敢了，而且敢肆无忌惮，奋勇直前。群体具有这样的心理特征基于两个原因：一是群体行为上"人多力量大"，个体力量实现不了的目标，众多个体的力量集中起来就可以轻易实现；二是个体汇入群体后减弱或者消除了对被惩罚的恐惧。我们理解的"法不责众"，其实也是这样，别人赋予你的力量是很大的。

我曾经写过的小说《刺》讲到校园暴力的故事。我之所以这么写，是因为大多数校园暴力其实都是群体行为，如果动手的那个人周围没有围观的人，他也许不会下手那么狠。所以，对待校园暴力有个特别好的方法——把他们拆出来。

他说"我们"的时候,你就看着他的眼睛,说:"别说我们,你就说你,对,就是你。你为什么要动手打我?"

当然还有更好的"拆人"的方法,当一群人跟着你的时候,你抓着一个人打,然后大喊:"跟你们其他人无关,我今天就要收拾他……"然后一边打一边跑。同理,你想让别人帮你,不是跟一群人说:"快来帮帮我。"而是要唤醒人作为个体的意识,比如你可以说:"那个穿蓝衣服的,麻烦你帮我一下。"这样,被帮助的概率就会大很多。

群体的第三个特点是情绪化、敏感化,而且急于采取行动。群体的产生和发展是靠情绪传染实现的,群体总是被情绪驱使,越激烈的情绪越可能成为主导力量。我相信你也感觉到了,有些人一旦形成群体,就不顾事实,就想传播情绪。比如某些明星的粉丝,你跟他说明星的某部戏没拍好,他们就会成群结队地来反驳你说你知道他多努力吗。

所以,领导者对群体的动员方式,三招就够了:断言、重复和情绪传染。

作为领导者,一定要给自己的群体提出一个主张,而这个主张必须是以断言的形式提出来的,简单干脆,生动明了,迎合群体的愿望。

第二项要诀就是重复,必须不断重复,面对各种情况都要重复再重复——重要的话一定要至少说三遍。就比如小时候我们听到的广告：今年过节不收礼……我到现在也不知道这句广告语为什么好。勒庞认为把断言不厌其烦地进行重复，可以让断言进入人们的潜意识中，不知不觉让人们对此深信不疑。

还需要第三项要诀：情绪传染。领导者要依靠强烈的情绪去感染身边的追随者，再让这些追随者把这样的情绪传播出去，感染更多的人。通过情续传染唤起具有相同情绪的人，领导者的主张就会在情绪的作用下被人们接受。也许有些人并不十分认同领导者的断言，但是只要被这样的情绪所感染，最终也会成为领导者的追随者。我们经常听别人说煽动情绪，其实就是这个道理，当群体情绪失控时，真相就不重要了。

那我们顺着这本书进行一个思考：

当我们进入集体，我们的状态和判断真的会瞬间改变吗？这种理性和疯狂的二分法是不是过于绝对？乌合之众会不会在良好的领导下成为普通或者良好的公众呢？

我认为你们会有不同的答案，这也是我推荐这本书的原因。不过你可能会顾虑这本书是100多年前的作品，认为会有一些理论基础已经过时，但能让我们思考的作品，就是好作品。

我在读完这本书后，有四个想法和你分享：

第一，越是进入群体，越要保持独立思考。

我在一次跑步的时候，看到一群人一边跑一边喊口号。我准备跟着喊口号，但及时停住了，因为我想起我读过这本书。而这样的训练其实很重要，不从众，不跟风，不人云亦云，做真正对自己有帮助的事情，做自己认为真正重要的事。

第二，永远不要让你的情绪被别人带着走。

比如，当你看到一群人唾骂别人时，不要加入。当你看到大家都在夸别人的时候，不要盲目。特想骂人、站队、为之付出全部的时候，问问自己：是我的情绪在说话，还是我的理性在操控？

第三，无论你对某个群体有多么喜爱，都要记住，你是一个可以实现无限可能的个人。

你可以喜欢别人，你更可以成为别人或者不一样的自己，可以顺着集体走，但永远不要磨灭你的个性。但凡一个群体开始喊口号，开始限制你对外的探索，都请你格外警觉。

第四，可以喜欢一个偶像，但要有自己的信仰，别搞混。

将某人视为偶像，本质上是因为你希望成为更好的自己，主要关乎情感；但信仰主要关乎原则，关乎理智——二者不要搞混。我爱这世界，但我更爱一个独立思考的自己。

《杀死一只知更鸟》
什么才是真正的善良？

这是一本我越读越后悔的书，后悔自己小的时候没有读到，好在成年的时候读完了，好在成年读完也不晚。因为这本书从底层逻辑上告诉我们，什么才是真正的善良。别着急，我慢慢讲给你听。

这本书叫《杀死一只知更鸟》，奥巴马曾给自己的女儿送了两本书，第一本是我们非常熟悉的《追风筝的人》，第二本就是《杀死一只知更鸟》。为什么这本书在美国经久不衰，因为这本书带来的价值观太重要了。

在美国，种族歧视现象非常严重，原因很简单，美国是一个民族大融合的国家，原来这个地方只有印第安人、因纽特人等，后来其他大洲越来越多的人聚集到这个地方，难免会有一些口角和矛盾，这些口角和矛盾最后变成了美国某一时期的文化：白人至上。

如果你曾在童年读过这本书，你很幸运；如果你在成为父母之前读到这本书，你的孩子很幸运。因为这本书能教会你或你的孩子什么是良知，什么是正确，什么是虚荣心、表现欲、优越感、羞耻心等，最重要的是，什么是善良。

这本书的作者叫哈珀·李，出生于1926年，出版《杀死一只知更鸟》的时候，她才34岁，正值盛年。她在2016年以90岁高龄离开了这个世界。可是很有意思的是，如果你在网上查哈珀·李，会发现她的其他作品好像都没有什么分量，只有这本书非常红，为什么呢？

哈珀·李，出生于美国东南部的亚拉巴马州，这是一个闭塞而保守，经济贫困且教育水平较低的地区。在她的童年时光中，除了阅读报纸，她还常去法院旁听审判，这不仅丰富了她的童年生活，也为她后来的文学创作提供了丰富的灵感。她被审判过程中宛如戏剧的场面所吸引，这种体验深刻地影响了她的写作，尤其体现在其杰作《杀死一只知更鸟》中对法庭场景的生动描绘。

大学毕业后，哈珀·李毅然前往纽约，初入职场在一家航空公司售票，同时利用业余时间撰写短篇小说。虽然小说创作的经济回报微薄，但她仍坚持不懈地写作。到了1956年，命运之神为她安排了一次重要的相遇——遇见文学经纪人克雷恩，这个遇见无疑改变了她的文学生涯。

当克雷恩看了哈珀·李的几篇短篇小说之后，觉得还不错，就鼓励她把内容进行整合，把五篇短篇小说进行融合，变成一部长篇小说。

1956年的圣诞节，一个改变哈珀·李命运的时刻在克雷恩家中上演。在闪烁的圣诞树下，哈珀·李收到了克雷恩赠送的一份特别礼物——一个信封，内含一张数额可观的支票。随信还有一张字条，上面写着："我给你一年时间，你可以写任何你想写的东西。"回过头来看，这实在是美国文学史上极珍贵的一件礼物。

得到这笔资金的支持，哈珀·李放弃了她在航空公司的工作，全身心投入到写作中。她开始将之前的短篇小说构思扩展为一部长篇小说。这段孜孜不倦的创作最终孕育出了《杀死一只知更鸟》，这部作品不仅获得了巨大的文学成就，也深刻影响了无数读者的心灵。

整部小说只写了两个月就完成了，之后发表在了美国的各大杂志上。《杀死一只知更鸟》大获成功。这源于以下几点：第一，那个时候美国各大媒体经常报道黑人和白人之间的冲突，而且黑人总被欺负；第二，这个故事是有真实原型的。1931年，作者5岁的时候，9个年轻的黑人被指控在亚拉巴马州附近强奸了2个白人女人，经过一系列漫长的大肆宣传和令人痛苦的审讯之后，这9个犯人中有4个被判了长期监禁，后来很多美国的律师和市民都把这个判决看成错误的。这就是这个故事的原型。哈珀·李对新闻的把控和对文学的挖掘，真的会给人很大的启发。

1960年，这本书在英国出版，立刻成为畅销书，而美国也一再重印。1961年，这本书被改编成了电影，电影又对这本书的影响力产生巨大的推动作用，最后这本书成为美国的高中生必读书目，作者一下子就声名显赫了。

《杀死一只知更鸟》这么成功，为什么哈珀·李之后的创作就没有这么出名了呢？很简单，因为《杀死一只知更鸟》刚出版那几年，每年都能卖到100万册，它的电影版税、翻译版税，包括海外版税，可以给哈珀·李带来每年70万美金的税后收入，她基本上什么都不用干，就靠这本书活着就行了。《杀死一只知更鸟》越火，哈珀·李的心理压力就越大，对她的文学创作打击就越大。我想当作家满怀着巨大的心理压力，一直怀疑自己是不是能够创作出更好的作品，就很难再写出好的东西了。

《杀死一只知更鸟》一出版，迅速引起了广泛关注，带给哈珀·李意想不到的名声。出版仅一年后，哈珀·李最常做的事情，竟是回复读者的信件。名声虽盛，但她却鲜有时间再投入新的写作。毕竟，人的精力是有限的。

她的生活被各种要求填满,甚至包括她的同学、老师、邻居以及房东等,都希望被她写进她的作品中。哈珀·李的余生几乎是在应对这些无休止的请求中度过。她每天都要和这些自称为她的知己或读者的陌生人打交道,同时还要应付媒体的频繁采访。

在《杀死一只知更鸟》出版一周年时,尽管文学经纪人克雷恩鼓励她着手创作第二本小说,但是哈珀·李发现自己难以再现初次创作的那种孤独与专注。第二部作品的创作变得异常艰难,因为她几乎没有安静的时间,生活中的干扰也比以往任何时候都多。这种情况严重影响了她的写作进程和心态,使得继续创作成为一种挑战。

她给一个朋友的信里面写了一段话,这段话我觉得特别有意思,她说:"我预感自己会成为另一个赛林格,整个下辈子都花在和别人用餐、聊天、参加鸡尾酒会上面。参加一些图书派对,在那里书籍只是装饰品,酒精才是用来传阅的。"赛林格是著名小说《麦田里的守望者》的作者,他也是出道即巅峰,写完这本书之后就开始天天忙于各种各样的事,于是巅峰后就再也没有了声音。

2016年哈珀·李谢世了,虽然说她后来没有写出特别好的东西,但是至少她这一生写出了这本《杀死一只知更鸟》。这个故事给了我一个非常大的启发,就是人要不停地进步,不能老躺在自己生命长河的最高点上睡大觉。

为什么这本书叫《杀死一只知更鸟》呢？因为这个故事的主人公斯库特和杰姆两兄妹，缠着他们的爸爸阿蒂克斯，想要支气枪作礼物，阿蒂克斯同意了，但是他对孩子们说："我宁愿你们在后院射易拉罐，不过我知道你们肯定会去打鸟，你们射多少冠蓝鸦都没事，只要你们打得着。但记住，杀死一只知更鸟是犯罪，因为知更鸟什么坏事也没做，它只是哼唱美妙的音乐，供人欣赏，它们又不吃人们在院子里种的花果，也不在谷仓里筑巢做窝，只为人们尽情歌唱。"

这段话被称为文学史上非常经典的描述，结合小说情节，它也在告诉我们，这个世界上有很多人他没有犯错，只是因为他出生是个黑皮肤，只是因为他在这个时代里做了一件看起来违反所谓道德的事，他这一辈子都想藏在屋里，你为什么要射杀他呢？

书的开头写的是这么一句话："我想，律师也曾经是孩子。"作者一开始就告诉你，她将以一个孩子的视角跟你讲这段故事。

这本书和据这本书改编的电影我都看过，对电影没什么印象，对小说印象太深刻了，我觉得它是美国最伟大的小说之一，我们先讲背景。背景讲的是一个叫斯库特的小姑娘从6岁到9岁在美国亚拉巴马州的经历。20世纪30年代初是美国经济大萧条的时期，美国深南地区是种族压迫最严重的地方，虽然奴隶制1865年就废除了，但是黑人社会与白人社会是完全隔离的，黑人在公交车上得给白人让座，最可怕的是，白人可以随时对黑人动用私刑。

因为这个故事是以8岁小孩的眼光来描述的，所以小说文字很直白，特别容易读懂。整个小说有两条主线，第一条是一个有神经问题的神秘邻居拉德利的故事；另外一条是一个叫汤姆·鲁滨逊的黑人被诬告，斯库特的父亲阿蒂克斯为其辩护的故事。我们待会儿会讲这两条主线的关系。

最后小说进行了融合，虽然没融合太好，但是它的升华是非常不错的，它紧扣一个主题，不要杀死一只知更鸟。乐于助人的黑人青年汤姆·鲁滨逊跟数十年不出家门的邻居，都是因为无法控制的因素，一个是因为肤色，一个是因为精神病，都是天生的，凭什么怪别人因自身"缺陷"没有办法为主流社会所包容呢。

主流社会总是刺激他们，打击他们，汤姆甚至为此而丧命。这就是社会中的"知更鸟"，没有伤害任何人，却不能避免被压迫的命运。

而以阿蒂克斯群体为代表的一群富有正义感的普通人，在日常生活中时时刻刻在为这些"知更鸟"去努力，去帮他们与邪恶、虚伪做斗争，虽然他们最终失败了，但至少他们曾经努力过。

阿蒂克斯是书中的一个正面人物，但是小说没有让他成为英雄人物，他依旧失败了。正是这些失败给人带来反思。

在哈珀·李的这部经典小说中，斯库特和她的哥哥杰姆是故事的中心人物。他们居住在一个充满偏见和流言蜚语的小镇上，镇上有一个神秘人物拉德利，被当地人称为"怪人"。传言拉德利曾经犯下各种不法行为，最终被家人锁在家中，鲜少露面。

斯库特和杰姆对这位邻居充满好奇，他们和朋友达尔试图揭开拉德利的神秘面纱。孩子们在探险过程中，意外地在拉德利家附近的一棵橡树的树洞里发现了一些物品：口香糖、小奖杯和怀表，这些普通而亲切的物品与他们所听闻的拉德利的邪恶形象形成了鲜明对比。

有一个夜晚，镇上失火了，斯库特和杰姆兄妹俩去观看救火，回到家的时候斯库特发现身上多了一条保暖的毛毯。最惊险的是，一次杰姆半夜说去看拉德利，结果被拉德利的哥哥当成小偷，他拿着枪咚咚咚一顿乱打，吓得杰姆到处乱跑。仓皇之中杰姆的裤子被铁丝网给挂着了，然后他把裤子给脱了，回去找裤子的时候，发现裤子叠得整整齐齐放在那里，被撕烂的地方还被缝好了。然后斯库特和杰姆就觉得拉德利跟人们描述的好像不太一样，这是第一条主线。

小说里还有个醉鬼叫鲍勃·尤厄尔,这个人失业了,家里非常贫困。他的女儿叫马耶拉,是个白人少女,自幼生活在这种贫困无知、缺少温情的家庭环境中,属于最底层的人,又穷又封闭又没受过教育。她见到黑人青年汤姆的时候,觉得这人长得帅,又乐于助人,冲动之下,她跑去亲了一下汤姆,她亲汤姆之前,完全没有意识到当时的社会规则是白人和黑人绝对不能在一起,之后她被这些规则完全击垮了,像一个犯了错误的小孩,想要销毁自己的犯错证据。

她在白人群体的压力下,诬告汤姆强奸了她。那个时候黑人如果强奸白人是要被处死的。鲍勃·尤厄尔无法容忍自己的女儿跟黑人有染,他也诬陷汤姆强奸了他的女儿,他们把汤姆告上了法庭,这个时候法院只派了一个人去为汤姆辩护,就是斯库特的爸爸——律师阿蒂克斯。阿蒂克斯发现黑人汤姆啥都没干,完全是被冤枉的,他冒着自己和家人成为白人居民泄愤对象的风险,主动为汤姆辩护。

在亚拉巴马州这样一个白人至上的社会里,阿蒂克斯选择为一个黑人辩护,并尝试为他脱罪,是极具挑战性和大逆不道的。在梅科姆镇,黑人的命运轻如草芥,随时可能被抛弃或践踏。推动种族平等的居民寥寥无几,阿蒂克斯的这一行动使他和他的家人成了白人居民发泄愤怒的对象。然而,他坚定而足智多谋,坚信自己能够赢得这场官司。

当斯库特问阿蒂克斯为什么要替黑人出头的时候,阿蒂克斯说出了这段话:

"怎么说呢?我现在只能告诉你,等你跟杰姆长大以后,也许你们回首这件往事的时候,会心怀同情和理解,会明白我没让你们失望。这个案子汤姆死了,触及了一个人良心的最深处。斯库特,如果我不努力去帮助那个人,就再也没有脸进教堂拜上帝了。"

"镇子上大多数的人好像都认为他们是对的,你是错的。"

阿蒂克斯淡淡地回应道:"但是我在接受他人之前,首先要接受自己,有一种东西不能遵守从众原则,那就是人的良心。"

在法庭上,阿蒂克斯的逻辑非常严密,而且辩护词非常漂亮,他让鲍勃·尤厄尔这个人的阴谋暴露在了公众面前,然后所有人都发现鲍勃·尤厄尔没有任何证据去控告汤姆·鲁滨逊。

那个时候的法院根本不讲证据,他们觉得白人至上,黑人有罪,最终正义没有战胜邪恶。陪审团花了三个小时的时间,依旧判决汤姆有罪。阿蒂克斯的努力没有改变结局,但争取了三个小时的时间。以前他们都是一上来就给黑人拍板定罪的,这次他们用了三个小时。在小说的最后,绝望的汤姆想从监狱逃跑，被乱枪打死，为整个案件划上了一个非常悲催的句号。

但是越来越多的人相信，这个黑人是没有罪的，越来越多的人觉得鲍勃是一个非常讨厌的人，是他的女儿先勾搭了黑人。恼羞成怒之下，鲍勃准备残害阿蒂克斯的两个孩子，当他正准备弄死兄妹俩的时候，谁也没想到，竟然有一个人挺身而出保护了孩子们，这个人就是第一条线里面的怪人拉德利，他勇敢地救下了两兄妹。

这个时候大家发现拉德利不是传言中坏事做尽的疯子，相反，他竟然是一个非常具有正义感和同情心的人。他一直看着斯库特和杰姆接近他，他还想一直保护着他们，而劫后余生的斯库特抓起了拉德利的手，发现他的手那么苍白，却出人意料地温暖。

拉德利从来都是闭门不出，隐居在家，这其实是哈珀·李精心设计的一种虚写的笔法，它有很强的象征意味。

20世纪30年代，在压抑的美国南方，对于青少年来说，所谓的误入歧途跟现在的误入歧途是不一样的。那个时候喝酒可能就是误入歧途，所以当法官建议把拉德利送到工读学校去读书的时候，他的父亲把他强制关在家中，父亲去世之后，邻居们普遍认为拉德利可以自由了，可以走出家门了，但拉德利依然选择隐居家中，只会在关键时刻帮助别人。

哈珀·李想说什么呢？她想通过这种象征性的桥段来告诉这个时代南方的穷人和弱者，他们隐藏自己并不是因为他们害怕，也不是因为他们错了，而是因为隐藏自己是他们当时唯一能做的。他们用沉默代表他们曾经来过，而有些人甚至没有来过。这就是美国那个时代穷人唯一的表达方式——沉默，但沉默就代表他们不存在吗？不是。他们只是不愿意失去这唯一的"权利"和"财产"，也希望外人不要去打扰这些穷苦的人。

我第一次读这本书的时候其实挺感动的，第一个感动点是阿蒂克斯完全不顾自己的肤色和自己的地位去为黑人辩护，第二个让我更感动的点是结局，经历了这么多大风大浪之后拉德利还是消失了，离开了所谓的主流社会。

所以，我想告诉你：

第一，永远不要用耳朵去评判一个人。别人说一个人是坏人，一定要眼见为实，认真去看看他，有机会去认识一下他。如果没有机会，也不要随意评判，不要"杀死一只知更鸟"。这世界最简单的一句谩骂就是：这人人品有问题。什么是人品呢？你又从哪儿知道的呢？

第二，不要站在道德制高点上去看这个世界。道德制高点的确又高又亮，但这不是真实的世界。

第三，一个高贵的人一定是灵魂高贵，而不是肤色、地位的高贵。

　　第四，真正的善良，不是手里拿着枪，而是就算拿着枪，也不去射杀那些"知更鸟"。

《月亮与六便士》
你是想朝九晚五还是想浪迹天涯？

这是个老生常谈的问题：选择月亮还是选择六便士？所谓六便士，是当时英国面额最小的钱币，它像月亮一样，圆圆的、亮亮的，但尺寸和重要性又远远比不上月亮。现在我们知道，月亮就是一种成分复杂的石头，但那个时候人们没有更高的技术手段，会觉得月亮就是天堂。

你身边应该有这样的朋友，放在人堆里找不出来，长得一般，业务一般，能力一般，有老婆孩子，勤勤恳恳。你能想象这个朋友突然有一天离家出走了吗？

我不能，但是毛姆却写了这样一个人。他的名字叫查尔斯，在英国证券交易所当经纪人，虽然不是什么杰出人物，但他拥有体面的工作、稳固的社会地位和在外人看来美满的家庭。结婚16年来，他每天都是如此生活。

但就在婚后第17年的一天，他突然离开家去了巴黎，抛弃了别人眼里的好工作和幸福家庭。

你的第一反应是什么？对，你跟那群邻居的想法一样：他是不是爱上了谁，跟谁私奔了。但并不是，查尔斯既没有跟别的女人浪漫，也没有跟别的女人"浪"，他离家出走的原因是疯狂迷恋上了绘画。

绘画代表着什么，我们根深蒂固地认为，绘画是艺术，画作都是艺术品。大家有机会可以看看2011年上映的法国电影《无法触碰》，里面有句台词：艺术品就是证明我们曾活过的东西。对查尔斯而言也是如此，在他眼里绘画代表着月亮，那是他身边谁也无法到达的远方。

用小说里的话来说，他仿佛"被魔鬼附了体"，他去巴黎就是为了追求这个理想。他太太听说他住在很昂贵的旅馆里，事实上根本不是这样，他寄居在"巴黎一条下流街道上的名誉不好的房子里"。

作者当然也不信：第一眼看到这家旅店时，全文叙述者"我"感到万分恼火，怀疑自己受到了愚弄。怎么可能？

那他学过绘画吗？没有，不仅没有，原来也没有这个迹象，除了一年的夜校学习外，他毫无绘画基础，可是，当被人找到时，他说："我告诉你我必须画画儿。我由不了我自己。一个人要是跌进水里，他游泳游得好不好是无关紧要的，反正他得挣扎出去，不然就得淹死。"

就这样，查尔斯一直坚持画画，但是他的作品太差了，靠什么活下来呢？这个时候一个三流画家戴尔克·施特略夫登场了。这个人心地善良，眼光独到，在别人觉得查尔斯的作品陈腐不堪、花里胡哨的时候，只有他一眼看出了查尔斯在绘画方面的天赋，把他当成上帝一般侍奉，不仅在生活上提供各种服务与帮助，还在他病重时把他接到家里悉心照顾。结果呢，查尔斯非但没有丝毫感激，还在养病过程中勾引了施特略夫的太太。

一怒之下，施特略夫把查尔斯轰走了。

再后来，机缘巧合，"我"遇上一些人，他们在查尔斯人生最后几年和他有过交集，包括船长、医生等，从他们口中，"我"才听说了这位旧相识后半生的故事。

原来，查尔斯一路辗转了几个国家，最后到南太平洋的塔希提岛上落了脚，也就是大溪地。他跟一个名叫爱塔的土著姑娘结了婚，过着梭罗写的《瓦尔登湖》里那种与世隔绝的生活。

在那里，他远离喧嚣与纷扰，全心投入艺术创作。在塔希提，他好像真正找到了自己喜爱的生活方式。可很不幸，没过多久，查尔斯就感染了麻风病。麻风病是由麻风杆菌引起的一种慢性传染病，主要病变在皮肤和周围神经。去世前一年查尔斯甚至成了一个瞎子。你想,一个画家,成了一个瞎子。多么讽刺和荒谬!

那他后悔吗?

他不后悔。

他的眼里只有自己,没有别人。他自私,没有责任心,不屑和"社会"发生任何关系。但他又很无辜,因为他的眼里岂止是没有别人,甚至没有自己,只有梦想。

他不是选择了梦想,而是被梦想选择。

一些人在时代变幻下四处逃窜,逃向功名,或者利禄。但是查尔斯拒绝成为和这些人一样的人,被控制在无休止的工业机器里。满地都是六便士,他却抬头看见了月亮。

在查尔斯最落魄的时候,土著姑娘爱塔不离不弃,一直在身边照顾他,陪伴他完成了凝聚天赋与一生心血的巨型壁画。正当大家期待着这幅画的模样时,故事却迎来了让人叹惋的结局:"他叫爱塔保证,放火把房子烧掉,而且要她亲眼看着房子烧光,在每一根木头都烧掉以前不要走开。"

这幅画最后就这样被烧掉了。

毛姆被人称为"讲故事的圣手"。请注意,小说可不一定都是讲故事,但是毛姆的小说为什么好读,因为他写的几乎都是故事,讲故事是人类的功课。

从道德层面看,查尔斯抛家弃子,对唯一的伯乐恩将仇报，实在不能算是个招人喜欢的人物，但如果用文学的标准去衡量，他却又是个富有魅力的人物。为什么？因为文学有个功能，就是把那些不被人看到的人和事，放大给人们看。这个人的独立性、原创性实在是太伟大了。或许你翻阅历史上所有的小说，也找不到这么一个人。

《月亮与六便士》自1919年4月出版以来，一直是许多读者的心头所好，广受好评，评论家却都不喜欢，甚至很多人批评它。好多作品都是这样，读者很喜欢，但评论家觉得缺乏深度。

毛姆个性坦率，常常直言不讳，因此总是招引文艺批评界的诋毁，但他仍坚持以英、法等国的社会现象为题材创作了大量短篇小说，在20世纪英国短篇小说史中，占据了重要地位。

另外还有一些书，读者不喜欢，但在评论界广受好评。所以要写一本既叫好又叫卖的书，很难。

尽管一些评论家不买账，但这部小说在美国刚面市时销量就势不可挡，甚至带动了毛姆之前作品的销售。

这本书的影响力甚至持续到一战结束后，当时人们刚从第一次世界大战的阴霾中走出来，非常需要精神的寄托，毛姆笔下的塔希提岛显得格外惹人遐想，好多人去那边旅游。

法国画家保罗·高更于1899年创作的油画《两位塔希提妇女》很有名。画中所描绘的正是这个岛上的妇女劳动生活中的一个场景。两名青年女子半裸着身子,站在一片蓊郁的树荫下,一个端着盛满果子的盘子,一个手捧鲜花。而高更跟小说主人公查尔斯一样也娶了当地女子为妻,所以很多人以为查尔斯就是高更,我认为很像,但不一样。

为什么这本书会拥有如此持久的魅力呢?细细想来,原因也许就在于它提出了一个芸芸众生必须面对的永恒命题。日常和理想,世俗和艺术,平庸和天才,这些激烈的冲突在毛姆笔下显得那样尖锐。他之所以把人物写得那样极端,实际上就是逼着我们思考这些问题。

对这个问题我也有自己的思考,我们在文学创作中要把主人公推向一个极致,但生活不一样,生活可以由自己进行多项选择。就好像生活里,你不一定非要在朝九晚五和浪迹天涯中做一个选择。你可以都要。

我的理解是,先度过生存期,再去谈梦想。

你追求自由没问题,但自由是有顺序的。我认为这世上的三种自由依次是经济自由、身体自由、灵魂自由。请注意这三种自由的排序,不能乱,一旦乱了,就会有悲哀。

人应该先拥有经济自由,也就是有点钱,接下来你可以选择自己生活的城市,也就是拥有身体自由,等你拥有了身体自由,最后拥有的,才是灵魂自由,但身边总有朋友把这三种自由弄反了。

比如，花着父母的钱，想要浪迹天涯，你真好意思。这就是想先要身体自由，再要经济自由，那身体自由需要的钱从哪里来，是从你父母那里来。这世界没有什么岁月静好，都是别人在替你负重前行。还有些人刚找到工作，就天天想迟到就迟到，想早退就早退，这就是先灵魂自由了。你的灵魂是自由了，按照这个方式在职场生存，恭喜你，你将会一直"自由"下去。

我曾经也想过浪迹天涯，还准备骑自行车浪迹天涯。在2010年的一天，我跟一个好朋友都没仔细想好行程，早上买两辆自行车，下午就出发了，到了晚上出了北京，我俩一合计，太累了，咱们还是回家吧。然后又回来了。说走就走的旅行，说回来就回来。

其实所有说走就走的旅行背后，都要进行大的准备。

后来经过了半年的训练，第二年农历二月，我们骑行到了成都。这一路，我们花的所有钱都是我的，除了费体力，没有受什么苦。

现在想想，你说有什么意义，其实就是看月亮。到了成都就好比看到了月亮，但之所以能看到月亮，是因为你的银行里有很多六便士。

六便士要有，月亮也要去看。但最好的人生，其实是把口袋装满便士，然后抬起头，看着月亮。

在这个社会争取自由正确的方法，是你先争取经济自由，也就是先找到工作，赚到钱，让自己不用再为了钱出卖自己的时间，接着你可以实现住在哪里都自由，最后才有了灵魂的自由，随便飞到哪里都可以。

在你毕业后，穷得一塌糊涂时，一定要先去赚钱，再去考虑自由的事情。

还有一种人，就是总是低头找六便士，已经赚了很多钱了仍然觉得还不够。

祝大家都能找到自己的六便士，同时，别忘了抬头看看月亮。

读到这里，不妨思考一下，你的月亮是什么样的？你有自己的六便士吗？

《茶花女》
真正的爱情，需要什么？

我曾经遇到过一位很好看的姑娘，好看到我几乎是过目难忘。没想到，第二天一位文学圈的前辈请我去吃饭，我又遇到她了。我后来听人介绍才知道，这位姑娘原来是个演员，后来不知道因为什么不演戏了，开始混各种圈子。有人说，她是名媛。我问朋友，什么是名媛？他说，就是那种什么局都有她，谁的微信她都有，靠对接资源获益的人。接着这位朋友说，这种人吧，反正也不会有什么幸福。

我回到家，久久不能平静，因为我想到了《茶花女》。茶花女也是名媛，是法国上流社会的名媛，她的故事，我真地希望每一个不相信爱情的人多读两遍，以便找到自己所爱。

我很喜欢小仲马，他很有才华，是大仲马与一名女裁缝的私生子。大仲马成名后，混迹于上流社会，不管他们母子。小仲马7岁时，慢慢展现出天才的文学能力，后来，大仲马决定夺回抚养权。小仲马曾经说自己是父亲"伟大的儿子和卑微的同行"，但我们看小仲马的作品，一点都不比他爸爸的差。他爸爸的《基督山伯爵》《三个火枪手》确实不错，但小仲马写《茶花女》时年仅24岁，在这之后，只要大家一提到交际花，第一个想到的就是茶花女。后来这个故事又被改编成了各种话剧、电影、芭蕾舞等艺术形式。拿电影来说，《茶花女》电影在不同年代、不同国家都有过非常经典的版本，比如法国、瑞士。几乎整个欧洲都改编过他的小说，感动了无数人。

《茶花女》基于真实故事改编，1847年，小仲马听到老情人玛丽·杜普莱西病逝的消息，回想起和她在一起的时光以及她曾经的岁月，于是走进了书房，用不到一个月的时间写出了《茶花女》。故事的主人公叫玛格丽特，其原型就是玛丽·杜普莱西。媒体问小仲马男一号阿尔芒是不是你？他沉默了很久，说道，是。

1844年，20岁的小仲马在一场戏剧演出中遇到了交际花玛丽。一次在玛丽家做客拜访时，小仲马发现玛丽竟然在咯血，在所有人都若无其事时，只有他劝说她要保重身体，玛丽被感动，成了小仲马的情人。没过多久，小仲马和玛丽因为一场争吵而分手，原因很简单——没钱。玛丽是个混迹巴黎上流社会的交际花，当然需要很多钱维持日常开销，而小仲马那个时候二十多岁，哪里来的钱？他付不起钱，但想为这么美的姑娘付账单的人多的是。于是，小仲马妒火中烧，一气之下给玛丽写了分手信，玛丽毕竟年轻美丽，也无所谓，两人就这么分手了。4年后，小仲马写《茶花女》时也用到了这封信。用这种书信的方式写过往，把死去的人复活，小仲马是第一个。

小仲马和玛丽分手后没多久就有了新女友，但他跟他爸爸不一样，大仲马一生遍地留情，小仲马却细腻敏感，天生是一个作家。他怜惜女性、同情女性，甚至在那个年代，愿意为女性发声。他们虽然观念不同，但小仲马跟他爸爸关系很好。

大仲马是一位非常高产的作家，很会玩情节，但是小仲马的作品靠的是敏锐的洞察力，他绝对是一个蹭热点高手。

比如写交际花的故事其实就抓住了每个人的眼球。交际花的生活本来是一种特别隐私的生活，在各个国家的文化里都有这样的女人，作者通过《茶花女》将其展露在大众眼前。

交际花在日本就是艺妓，在朝鲜半岛叫作妓生，在旧中国也很常见。再比如我们熟知的香奈儿，其实一开始也是交际花。如果大家对这类题材感兴趣，可以去看另一本书叫《民国女子》。

小说一开头，叙述者"我"在街上闲逛，看到一个拍卖广告，说一位屋主已经过世，这次拍卖的是她的家具。"我"决定上门去看看。到了之后，才发现这里原来是一个交际花的住所，屋里聚集了很多上流社会的贵妇。这些贵妇看着交际花的遗物，发出感慨：我怎么还不如交际花？出于好奇，"我"在拍卖会上花了100法郎，买到了一本属于交际花的小说，上面写着：玛侬对玛格丽特，惭愧。落款是阿尔芒·迪瓦尔。这下，"我"的疑问越来越多了。没过多久，一个叫阿尔芒的年轻男子登门拜访，他说，他愿意出高价买回那本《玛侬·莱斯科》，我想起，那本书上，有他的名字。

"我"参加了迁坟仪式，在场的只有5个人：两个掘墓人，"我"和阿尔芒，以及办事的警长。我读到这一段的时候，心情久久不能平静，无论她生前多么美丽，死后也化为一堆腐肉。小说里，"一对眼睛只剩下了两个窟窿，嘴唇烂掉了，雪白的牙齿咬得紧紧的，干枯而黑黑的长发贴在太阳穴上，稀稀拉拉地掩盖着深深凹陷下去的青灰色的面颊"。你很难想象，她曾经如此地美丽，吸引着万千的人来到她身旁。

玛格丽特原来是个贫苦的乡下姑娘，但是生得花容月貌。她来到巴黎后，贵族公子们争相追逐，因为她随身的装扮总是少不了一束茶花，人称"茶花女"。

后来越来越多的人听闻她的美貌，她红遍上流社会。

不少交际花都拥有惊人的美貌，但这不是关键，好看的外表充其量只能让你当个"花瓶"，你必须有智慧和才华才能让更多人喜欢。很多人问交际花是不是妓女，我认为本质上是的，她们都是在出卖一些东西去换取财富，只不过交际花更多代表了妓女浪漫化、理想化的一面。但无论如何，在讲究阶层、血统的法国社会中，上流社会需要她们，又瞧不起她们。

这其实也是玛格丽特怠慢阿尔芒的原因，她用傲慢的举止来对抗那些没钱的追求者的逢迎，因为她自己也知道，在男人心中她只是个玩物，所以，要么给她钱，要么给她滚。至于你想给她爱，她可能要好好考察一番。两人相遇两年后，阿尔芒受邀去了玛格丽特家中。众人饮酒狂欢的时候，玛格丽特突然感觉身体不适，一个人躲去了梳妆间，阿尔芒担心地跟了过去。玛格丽特终于明白，阿尔芒是真地关心她、怜惜她，而不是一时兴起贪恋她的美色。阿尔芒终于得到了玛格丽特，可是，兴奋劲儿过了之后，他和小仲马一样，陷入了患得患失中。因为阿尔芒没钱，他只能眼睁睁看着心爱的女人继续接待别的客人。你想，你喜欢的女人，跟别人天天在外面喝酒,你啥感觉?但是玛格丽特就是靠这个赚钱谋生的,她必须去啊。

在玛格丽特眼里,阿尔芒真挚可爱,他为爱而生的劲儿激发了玛格丽特对生活的热望,她甚至决心摆脱巴黎的生活,像《不能承受的生命之轻》里的托马斯一样,和自己心爱的人去乡下住一段时间。但去乡下住也需要钱,在这件事上她不指望阿尔芒,她计划独自一人筹集一笔钱。于是,她请阿尔芒离开她一晚上,什么也没说。谁能想到,阿尔芒竟然在路上恰巧碰上玛格丽特和过去的情人在一起。他愤怒至极,给玛格丽特写了一封分手信,分手信里说:"我希望自己能像一个百万富翁似的爱您,但是我力不从心;您希望我能像一个穷光蛋似的爱您,我却又不是那么一无所有。那么让我们大家都忘记吧,对您来说是忘却一个几乎是无关紧要的名字,对我来说是忘却一个无法实现的美梦。"

我每次看到这么美丽的文字,都会感动不已。热恋时每个人都是诗人,失恋时每个人都是作家。我在爱上别人的时候也曾经写过诗,我写不出东西来的时候,只要生命里走进一个人,就能加快我的打字速度。

跟小仲马现实生活中的结局不同,这封分手信没有终结阿尔芒和玛格丽特的关系,反而修复了他们的关系。我想,这也是小仲马的希望,他把文学当作了生命的另一种可能。

几天后，玛格丽特主动上门求和，还提出去乡村度假，阿尔芒答应了，这是两个人最幸福的一段时光。可琴棋书画的背后毕竟是柴米油盐，阿尔芒发现，玛格丽特值钱的衣物和首饰越来越少，他突然明白，她最爱的女人卖了这些东西维持日常开销，还打算卖掉自己在巴黎的一切，从此和阿尔芒过上普通人的小日子。这一刻，阿尔芒感觉自己是世界上最幸福的人，并且他想和她一起共同面对这纷扰的世界。于是他找到公证人，打算把部分财产转到玛格丽特名下，但谁也没想到，公证人把这件事汇报给了阿尔芒的父亲。

经纪人谎称要他去签字，于是他离开玛格丽特回到巴黎。与此同时，阿尔芒的父亲来到玛格丽特身边，告诉玛格丽特，他的女儿爱上一个体面的少年，但少年家打听到阿尔芒和玛格丽特的关系后说，如果阿尔芒不和玛格丽特断绝关系，就要退婚。他一次次威胁，玛格丽特一次次妥协。玛格丽特痛苦地哀求阿尔芒的父亲说，如果要让她与阿尔芒断绝关系，就等于要她的命，可惜他的父亲毫不退让。

阶层的矛盾，从来都是横在爱情上的梁子，那时法国上流社会不追求爱，只讲究对方有没有足够的钱和资源。

热恋中的阿尔芒打定主意要和玛格丽特长相厮守，没想到玛格丽特先放手了，还留下一封分手信，他不知道她是为了他的家庭，才让自己无比痛苦地放手的。没过多久，她接受了瓦尔维勒男爵的追求。

阿尔芒遭遇情变,却不知道为什么,他以为玛格丽特还是贪恋纸醉金迷的生活。回到巴黎以后,他找了一个情妇,开始疯狂攻击玛格丽特,玛格丽特本来就患有肺病,阿尔芒的无情无义加重了她的病情。其实,阿尔芒也无法从报复行为中获得快感,但他必须这么做,只有这么做,才能表明自己是爱她的。

他不知道的是,玛格丽特和他分手重返巴黎社交界,并不是嫌贫爱富,恰恰相反,她深深地爱着阿尔芒,甚至愿意为他默默牺牲。但这样的伤害,让她如何受得了。终于,玛格丽特重病在床,形容枯槁,曾经宾朋满座现在变得悄无声息,只有债权人在家里进进出出,等着她断气,拍卖掉值钱的物件来抵充她欠下的债务。而阿尔芒呢?他去旅游了。他并不是因为自己喜欢旅行,而是由于太痛苦了,他决定换座城市生活。他并不知道,玛格丽特在贫病交加中孤独地死去了,仅仅留下一封信。

整个故事在这封信中结尾。

当阿尔芒重回巴黎时,他收到了一本日记。"除了你的侮辱是你始终爱我的证据外,我似乎觉得你越是折磨我,等到你知道真相的那一天,我在你眼中也就会显得越加崇高。"

可惜的是，他再也听不到玛格丽特说给他的话了。

阿尔芒怀着无限的悔恨与惆怅，专门为玛格丽特迁坟安葬，并在她的坟前摆满了白色的茶花。用"茶花女"纪念死去的爱人。

说回到小仲马，其实真实的故事也是如此。1847年，玛丽病逝于巴黎。小仲马悲痛万分，写下了《茶花女》。

我也时常会想，如果有一天我回到家时发现我爱的人已经不在，只留下一封信或是微信里的一条语音或视频，我会不会肝肠寸断、热泪盈眶？我想我会的。所以，当你爱一个人的时候，请一定要说给TA听，不要等到TA走了，才追悔莫及，那时，一切都已经晚了。

按照我的理解，这个故事还有另一个版本。如果我是小仲马或者阿尔芒，我可能不会这么快坠入爱河，纵观世界上的爱情悲剧，很多都和钱有关。所以，你最好先满足物质生活，提高物质生活，再考虑精神上的爱情，这样爱情才能更坚固。

小仲马在《茶花女》中写道："除了这种理想生活，还有物质生活，最纯洁的决心都会有一些庸俗可笑但又是铁铸成的链索把它拴在这个地上，这些链索是不容易挣断的。"我就用这句话结尾吧。

《百年孤独》
人类的孤独有多少种？

人类的孤独得有多少种，看看马尔克斯写下的《百年孤独》。

马尔克斯和文字的关系是从在哥伦比亚的首都当记者时开始的。那段日子，他有两个麻烦：第一个是穷，没什么人知道，他曾经穷到在巴黎的垃圾桶里找吃的。第二个是新闻工作在消耗他的时间和精力，大量的文字堆砌让他没有时间思考文学。

有一天马尔克斯晚上回家，妻子告诉他，家里已经没有钱买食物了，甚至没钱给儿子买牛奶了。马尔克斯先是沮丧，接着抱着儿子坐下来，很认真地解释为什么今天没有牛奶喝了。他跟儿子发誓，绝对不会再有类似的情况发生。

这种孤独，是面对家人的孤独，是不被人所知的孤独，是只能一个人扛住的孤独。很快，马尔克斯生命中的贵人出现了，这个人叫卡门·巴尔塞斯，她在1962年成了马尔克斯的文学经纪人。卡门发现了马尔克斯文字的精髓，觉得他是一个天才小说家，于是她开始张罗着出版马尔克斯的小说，其中一本就是《百年孤独》。

据说，写完《百年孤独》时，是一个上午的11点。马尔克斯回忆，当时家里只有他一个人，他已经在孤独里度过了无数个春秋，他想打电话告诉朋友，可是又找不到人。他的自传里说，他陷入一种迷惑之中，他多年忙于做一件事，但做完之后他不知道自己该干什么。这时，他看到一只蓝色的猫走进房间，它好像和他一样孤独。

很多人买了这本书却读不完，我今天尝试用我的语言帮各位总结一下故事情节。看看能不能让你更喜欢这本书。

小说中的所有故事，都发生在一个叫马孔多的小镇上，小说中的所有人，都来自一个叫布恩迪亚的家族，这个家族的人，像是被孤独诅咒过一样。马孔多这个地方，由布恩迪亚家族开创，同时伴随着最后一个家族成员的死亡消亡，像是他们从来都没来过一般。

在小说一开始，出现了一位吉普赛人魔法师，他留下了一册羊皮卷，用梵文写的，谁也看不懂，需要破解。上面明明白白记载了这个家族的历史，其中有一句话，概括了这个家族的命运:"家族的第一个人被捆在树上,最后一个人正被蚂蚁吃掉。"

我小的时候,就特别爱读希腊神话,长大后才慢慢明白,那是无休止的孤独。比如俄狄浦斯的命中注定,比如普罗米修斯的日复一日,包括加缪的《西西弗神话》也透着一样的底色:孤独。

马尔克斯笔下的家族历史上有过类似的情况:近亲结婚,生出了一个长猪尾巴的儿子。这个长着猪尾巴的人,终生独身,因为他不愿意让任何女性看到他的尾巴。后来,一个做屠夫的朋友帮他砍掉了尾巴,他因为失血过多死掉了。一生没有跟爱的人在一起,是一种多么镂骨铭心的孤独。

何塞·阿尔卡蒂奥·布恩迪亚是西班牙人的后裔,他与乌尔苏拉新婚时,因为害怕历史重演,和他的妻子很长一段时间都没有发生性关系。因为怕生出猪尾巴的孩子,乌尔苏拉每夜都穿上特制的紧身衣,拒绝与丈夫同房,村民们耻笑他们。何塞·阿尔卡蒂奥·布恩迪亚喜欢斗鸡,可能也是为了消耗多余的精力。有一天,他在斗鸡比赛里赢过了对手,谁知道对手嘲笑他,说大家都知道他不是男人,在那方面不行。何塞·阿尔卡蒂奥·布恩迪亚很生气,于是拿长矛和对手决斗,捅破了对方的喉咙。

从此,这个人的鬼魂经常出现在他眼前。鬼魂那痛苦而凄凉的眼神，让他日夜不得安宁。其实我们都知道，世界上没有鬼魂，但是如果一个人总能看到鬼魂，就说明他内心一直被什么折磨着。于是何塞·阿尔卡蒂奥·布恩迪亚一家带着朋友及其家人离开村子，外出寻找安身之所，经过两年多的跋涉，他们来到马孔多。为了不被嘲笑，他下定决心，哪怕生下长猪尾巴的孩子，他也要跟妻子发生关系。非常庆幸，他们生下来的两个儿子和一个女儿，都非常健康，没有猪尾巴。

何塞·阿尔卡蒂奥·布恩迪亚的晚年很凄惨，在见证了生死、希望和绝望后，他晚年沉迷于炼金术，整天把自己关在实验室里，陷入孤独之中不能自拔，以至于精神失常，被家人绑在一棵大树上，几十年后才在那棵树上死去。当然，这是后话。

第二代的老大何塞·阿尔卡蒂奥在来马孔多的路上出生，他和一个叫庇拉尔·特尔内拉的女人私通，有了孩子。后来又在一场吉普赛人的演出中，与一位吉普赛女郎陷入情网，这次他选择了出走，最后在家中被枪杀。这个人的故事我就用了几行字概括，但阅读中我感受到深深的孤独感，那种生活与爱分离的痛楚带来的孤独感。

老二奥雷里亚诺生于马孔多，他在娘肚里就会哭，睁着眼睛出世，从小就有预见事物的本领，他后来成了一个上校,掀起了席卷全国的战争。上校发动过32场武装起义,逃过14次暗杀、73次伏击和一次枪决。他只受过一次伤,原因是自杀未遂。他痛恨政府在投票中的欺诈,但同样憎恨反对派的无辜杀戮。他可以自居任何头衔,却坚持被称为"上校"。

在读这本书时,最令我难过的就是这位上校,他在枪毙与自己惺惺相惜的对手时说:"不是我要枪毙你,是革命要枪毙你。"对手回嘴说:"我担心的是,你那么憎恨军人,跟他们斗了那么久,琢磨了他们那么久,最终却变得和他们一样。人世间没有任何理想值得以这样的沉沦作为代价。"果然,这句话成真了。

在一次次永无休止的战争中,他一次比一次老迈、衰朽,也失去了战争的意义——他不知道为何而战、如何而战、要战到何时。第一次失败让他抽离了这个循环,他决定结束战争,与政府和解,毅然放弃权力和荣耀,拒绝抛头露面成为一个公众人物。在他的晚年,与17个外地女子姘居,生下17个男孩。这些男孩以后不约而同回马孔多寻根,却都被追杀,一星期后,只有老大活了下来。上校后来归家,每日炼金子做小金鱼,每天做两条,达到25条时便放到坩埚里熔化,重新再做。他像父亲一样过着与世隔绝的日子,一直到死。开始的时候他还拿着小金鱼出去卖,再把换回来的黄金铸成小金鱼,后来做完之后就直接重新熔化,周而复始这个过程,直到死去。

我同情他的同时,突然意识到我也一样,我遭遇同样的孤独感,这种孤独感或许只能通过一次失败来打破,但失败后又是另一番孤独。这很像叔本华形容的,生命像是钟摆,总在空虚和痛苦中摇摆。

何塞·阿尔卡蒂奥·布恩迪亚的女儿,名叫阿玛兰妲,她爱上了一位意大利钢琴师,可是钢琴师已经有了心上人。在激烈争夺后,她终于战胜情敌,却不知道为什么不愿意与钢琴师结婚。钢琴师因此深陷绝望,最终自杀。悔恨之下,阿玛兰妲故意烧伤一只手,永远缠上黑色绷带,决心终生不嫁。然而,内心的孤独和苦闷仍然困扰着她,她甚至和刚成年的侄儿有不正常的关系。无论身边有谁,她都无法摆脱内心深处的孤独。她将自己关在房中,缝制殓衣,缝了又拆,拆了又缝,直至生命最后一刻。

很多人没看懂这三个人,其实,仔细看看这三个人的孤独多么像。无止尽的重复,但又无止境的孤独。像不像我们日常周一到周五工作,周六周日休息这个无休止的循环。

第三代里最孤独的,想必是奥雷里亚诺的儿子奥雷里亚诺·何塞,唯一活下来的儿子,他竟然热恋着自己的姑母,因无法得到满足而陷入孤独之中,于是选择参军。进入军队之后，他相思成疾，难以摆脱对姑母的感情，于是寻求妓女的安慰，试图摆脱孤独。最终，在混乱的战场上头脑发蒙，死于乱军之中。

很多人都曾经爱过一个不爱自己的人。佛教里说这叫"爱不得"，其实背后的本质是孤独。

《百年孤独》里的第四代是一女两男。女孩叫蕾梅黛丝，楚楚动人，是一个独特的姑娘。她赤身裸体，裹着一个布袋，拒绝浪费时间穿衣服。这位聪明漂亮的女孩是整个故事中唯一一个有着美好结局的人物。她超然于世，最终抓着一块雪白的床单飘然离去，在晾晒衣物时永远消失在空中。这有点像佛教思想，她不愿入世，选择随风而舞。可是，生活里能有多少人可以像她一样，飘在空中，走在路上？

蕾梅黛丝的两个弟弟，阿尔卡蒂奥第二和奥雷里亚诺第二是一对孪生子。阿尔卡蒂奥第二在美国人开办的香蕉公司里当监工，鼓动工人罢工，成为劳工领袖。后来，他带领3000多工人罢工，遭到军警的镇压，只他一人活下来了。我在读到这段的时候特别难过，他亲眼看到政府用火车把工人们的尸体运往海边丢进大海，又亲耳听到电台宣布工人们暂时调到别处工作。他不信，因为他认识这3000人里的许多人，他们说过话，握过手，拥抱过，于是，他四处诉说他亲历的这场大屠杀，揭露真相，却被认为疯了。那种无论说什么都没人理解的孤独，让他彻底崩溃了，他把自己关在房子里潜心研究吉卜赛人留下的羊皮手稿，一直到死他都待在这个房间里。

我记得初中的时候，全班同学指责一个男生偷了别人的钱，当然我也这么认为，后来他不说话了，转学了。现在回想起来，如果他真的没偷钱呢？那他经历的孤独，太令人绝望了。

奥雷里亚诺第二也是一个孤独的人，他有个情人，情人拥有一种魔力：可以让奶牛、母鸡这样的家畜快速繁衍。开始的时候他们养兔子，结果只用了一晚上，院子里就满是兔子。然后，用兔子换了一头奶牛，两个月后奶牛生了三胞胎。奶牛不断再生奶牛，家族富裕了起来。

奥雷里亚诺第二就这样发达了起来。他宣布：我希望从今往后，这个家里再没有人跟我提钱的事情。可是，有钱就不孤独了吗？不是的。奥雷里亚诺第二在婚姻里迷茫了，他并没有娶自己的情人，他娶的是另一个女人——一个马孔多小镇之外的贵族家庭的女人。然而他还是没办法忘记情妇，他开始了两边跑的生活，每当他与情妇同居时，他家的牲畜就迅速地繁殖，给他带来财富，一旦回到妻子身边，便家业破败。

奥雷里亚诺第二大肆挥霍举行宴会，每天11点都有一辆货车，给他运来香槟和白兰地。后来，马孔多下了4年11个月零两天的大雨，家畜纷纷死掉，情人也失去了让家畜繁衍的能力。他开始变穷，生病。一开始嗓子生了病，就好像有一双大钳子扼住了咽喉一样，不要说吃东西，呼吸说话都困难。后来他拼命吃东西，最后被撑死了。

我有时候觉得那些买得起豪宅豪车的人，的确让人羡慕。但他们还是会孤独吧，拥有的再多，内心的一些窟窿始终没办法填满，哪怕夜夜笙歌，哪怕痛饮无数杯酒。

第五代是奥雷里亚诺第二和费尔南达的三个孩子，二女一男。长子何赛·阿尔卡蒂奥和奥雷里亚诺第二的死法很像，儿时便被送往罗马神学院去学习，母亲希望他日后能当主教，尽管他对此毫无兴趣，但还是坚持"听妈妈的话，别让她受伤"。母亲死后，他回家后发现妈妈藏在地窖里的7000多个金币，一下子飘了，从此过着更加放荡的生活，不久便被抢劫金币的歹徒杀死。你看，有时候，钱并不是万能的。

大女儿雷纳塔·蕾梅黛丝爱上了香蕉公司汽车库的机修工，一个来自工人阶层的男子。母亲认为门不当户不对，不能接受。这故事和许多穷小子的经历多么相似。工人每次出现时，都有一群黄色蝴蝶在附近。他会在晚上从屋顶溜进浴室和雷纳塔·蕾梅黛丝幽会。

可母亲发现之后，跟镇长说家里出现了偷鸡贼，请镇长安排士兵在院子里射击。不幸的是，这位工人被枪打中，终身残疾。余生他对自己的爱情闭口不提，就算被人当成偷鸡贼看待也不提，他选择忘记那个雷纳塔·蕾梅黛丝，用自己的一生守着孤独。

雷纳塔·蕾梅黛丝突然发现自己怀孕了，母亲认为家丑不可外扬，将怀着身孕的她送往修道院，她在痛苦和孤独里终生一言未发，终老至死。后来，只有一个私生子被送回来。这对情侣在无尽的孤独中过完了一生。

年轻时，我们常认为与不爱的人在一起或与爱的人擦肩而过是最痛苦的事。但是后来我们也懂了，比这更孤独的事情还有太多。

比如，小女儿阿玛兰妲·乌尔苏拉早年在城市里上学，与飞行员交往后，二人回到马孔多见到一片凋零，决心重整家园。她想改变一切，想要救这个灾难深重的村镇。但命运给她开了个天大的玩笑。

雷纳塔·蕾梅黛丝的私生子是第六代，名字又叫奥雷里亚诺·布恩迪亚，他出生后一直活在孤独里。你想，他爸爸是"偷鸡贼"，他妈妈是"修女"，他能是什么？所以，他从小就养成喜欢沉思的习惯，一直在想：我的家族怎么成这样了？于是他想起了那个记载家族命运的羊皮卷。后来，他能与死去多年的老吉卜赛人对话，并受到指示学习梵文翻译羊皮卷。他一直对周围的世界漠不关心，只想翻译完羊皮卷，结果谁也没想到，他青春期时竟然爱上了阿玛兰妲·乌尔苏拉——那个立志改变家乡马孔多的人，而那个人，其实是自己的姨妈。

奥雷里亚诺·布恩迪亚爱上了自己的姨妈。

命运，又来了一个轮回。

从第一代大家就担心的诅咒，终于发生了。这两个人产生了爱情并且结合，最后生下了一个儿子。这个儿子，有一条猪尾巴。

接下来的故事就更让人唏嘘。母亲死于产后失血过多，父亲由于悲痛，走出家去找自己的朋友，疏于照顾婴儿——婴儿被一群蚂蚁拖了出来，吃掉了。

当奥雷里亚诺·布恩迪亚看到被蚂蚁吃得只剩下一小块皮的儿子时，他终于破译出了羊皮卷手稿。手稿卷首的题词是："家族的第一个人被绑在树上，最后一个人正被蚂蚁吃掉。"

此时，一场飓风把马孔多这个小镇从地球上彻底抹掉了。

我试着用最简单的语言，跟你讲一个复杂的故事，无论如何，希望我成功了。我不知道你有没有产生一种孤独到骨髓里的感觉？如此惊心动魄的七代人的故事，却在一阵风后，消失得无影无踪。

我想，孤独是人的常态，我们唯一能做的，可能就是在孤独中变得更好。如果人的一生只有浓浓的宿命感，到头来都是无常，我们只能让自己变得更好，不虚此行，才能对抗孤独。

《当我谈跑步时，我谈些什么》
跑下去，你能看到什么？

我是一个很爱跑步的人，熟悉我的人都知道，2022年我跑了1000多公里，到2024年，我在3年里跑够了4000公里。每天早上起床第一件事，就是计划今天去哪儿跑，今天应该跟谁跑。这背后，要感谢这本书——《当我谈跑步时，我谈些什么》。每次跑完步，我都觉得世界变得不一样了，跑步前的消极和绝望被风吹得无影无踪。

"希望一人独处的念头，始终不变地存于心中，所以一天跑一小时，来确保只属于自己的沉默的时间，对我的精神健康来说，成了具有重要意义的功课。至少在跑步时不需要和任何人交流，不必听任何人说话，只需欣赏周围的风光，凝视自己即可。这是任何东西都无法替代的宝贵时刻。"多么好的一句话，来自村上春树的这本书。

我2019年底去日本，跟当地一位编辑聊天，我问：村上和东野圭吾有什么区别？编辑开玩笑说，村上一年难得写一本书，东野圭吾是每天都在写。

我想跟你聊聊这位作家，他是我的偶像。20世纪80年代，日本文坛陷入了完全沉寂的时期。太宰治、川端康成、芥川龙之介这些武士道文化之后，已经很久没有出现新的文化，加上日本战败，很多文化已经开始偏向美国，他们找不到自己的文化底蕴，也不知道自己应该何去何从，直到村上春树写完了《挪威的森林》。

他的作品，在日本文学断层中崛起，后来，他开始每年写一部。你翻阅他的简历就会发现，他得过的奖数不胜数，唯一缺的就是诺贝尔文学奖。有人说他是诺贝尔文学奖陪跑的作家，为什么说是陪跑呢？难道是因为他写了《当我谈跑步时，我谈些什么》？

村上是个工薪阶层家庭出身的孩子，对做生意知之甚少，太太却是商家出身。他每天废寝忘食地拼命工作，渐渐地有了点钱。在即将30岁的时候，终于能喘口气了，可是，他总觉得未来无望，30岁迫在眉睫，于是乎他下了决心：写小说！

"我可以具体说出下决心写小说的时刻，那是一九七八年四月一日下午一点半前后。那天，在神宫球场的外场观众席上，我一个人一边喝着啤酒，一边观看棒球比赛……在第一局的后半场，第一棒击球手、刚从美国来的年轻的外场打出了一个左线安打。球棒准确地击中了快速球，清脆的声音响彻球场。刚刚响起来时，希尔顿迅速跑过一垒，轻而易举地到达二垒。而我下决心'对啦，写篇小说试试'，便是在这个瞬间。我还清晰地记得那晴朗的天空，刚刚恢复了绿色的草坪的触感，以及球棒发出的悦耳声响。在那一刻，有什么东西静静地从天空飘然落下，我明白无误地接住了它。"

我想，这也许是命运在敲他的门，每次命运的敲门声，都需要你听到。

"到了秋天，一部二百来页、每页四百字的作品写完了。觉得心情甚是舒畅，但还不知道如何处理为佳，于是顺势投稿应征文学杂志的新人奖去了。甚至连复印件都没有拷贝一份……翌年初春，《群像》编辑部打来电话，告诉我'你的作品入围最后一轮评选'……我年届三十，懵懵懂懂、稀里糊涂、毫无预料地就成了一名新晋小说家。我自然惊愕不已，周围的人恐怕更诧异。"

这个故事其实也给我很多启示。我30多岁了，虽然25岁就开始写东西，也获了很多奖，但我才刚刚开始。尤其是看到村上的经历，我觉得我还有机会。

我想聊聊村上春树，更多地是想聊聊我自己。1982年秋，33岁的村上春树开始了职业作家的生涯，也是当年，他开始练习长跑。他每天凌晨4点起床，写作4小时，跑10公里。

他说，写作和跑步最大的相同处只有一个：坚持和磨炼。你在无人能理解、无人跟你沟通的状态下，一步一步，走向远方。这的确给了我巨大的启发，因为从读了他的书开始，我每天早上雷打不动写2000字，每天也一定会跑5公里。

跑步到底意味着什么？意味着你愿以另一种眼光去看世界。

村上每次比赛都要在脑中回味哥哥（此人也是一位长跑运动员）教给他的两个句子：Pain is inevitable. Suffering is optional.

这句话为什么好，因为这就是日本文化典型的特点，时刻告诉你：痛是生命的本质。这也是许多哲学的底层逻辑。但村上为什么厉害？他加了后面一句，虽然痛苦你无法避免，但是否忍受痛苦，是你的选择。请注意，一个小小的"选择忍受"，就把痛苦变成主动了。我们经常讲，要过主动的人生，你有没有发现，许多主动的人生，本质都有一个特点：我知道命运艰难，但我至少能有主动的可能性，哪怕只有一点点。

"我下决心写一本关于跑步的书,说起来已是十多年前的事了。自那以后便苦苦思索,觉得这样不行那样也不成,始终不曾动笔,任烟花空散岁月空流。虽只是'跑步'一事,然而这个主题太过茫然,究竟该写什么,如何去写,思绪实在纷纭杂乱,无章无法。

然而有一次,我忽然想到,将自己感到的想到的,就这般原模原样、朴素自然地写成文章得了。恐怕舍此,别无捷径。"

这是书里的一段话,我们来看看两个很重要的地方:第一,痛苦是无法避免的。第二,别无捷径。

我曾在我的写作课里跟学生说,写作这事儿没有捷径。所有走捷径的人,无非造成两种可能:抄袭和乱写。抄袭我们可以理解,你觉得这个作品好,你抄下来,但当你出名了,这个名声一定反噬你,所以由抄袭而出名的作家,作品和名声都在反噬自己。乱写或许你也能理解,比如你说你有个月薪5万的小助理,吸引了很多眼球,最后一查不是这么回事。怎么博眼球怎么写,结果也只有一个,就是最后你写什么别人都不信,信任没了,读者就没了。写作跟跑步一样,都需要一步一个脚印,没有捷径。

写小说很像跑全程马拉松,对于创作者而言,其动机安安静静、确确实实地存在于自身内部,不应向外部去寻求形式与标准。这也是村上春树告诉我们的。

村上说:"人生逐渐变得忙碌,日常生活中无法自由地抽出时间来了,琐事这玩意儿似乎随着年龄的增长逐渐增多。"

这句话很深刻,但这就是事实,你年纪越大,事情越多,你活得越来越不像自己,就更难坚持一些事情了。所以,那些坚持跑步的人,是真正让人佩服的。

写小说和跑步有着异曲同工之妙:第一,需要从内到外说服自己;第二,需要持久不懈怠。

生活也是如此,你以为自己可以一口吃个胖子,事实并非如此。所以,你不用羡慕谁又获得了什么成就,也别羡慕谁又爬到了更高的地方,用村上的话说:什么才是真正优秀的跑步者和写作者呢?就是我超越了昨天的自己,哪怕只是那么一丁点儿,也很重要。每天变好一点点,就是成功的开始。

然而,这世界也并不是那么简单,人们随着年龄的增长,体力、脑力等逐渐下降。但不管是谁,都会在人生的某个时段迎来体能的巅峰。所以,如果你还年轻,还在体能巅峰期,就一定要努力成就自己。

我询问过眼科医生:"世上难道没有不会得老花眼的人吗?"他觉得颇为好笑似的回答:"这种人,我至今一个也没见过呢。"

有一次我见到一位老作家,他说:"趁着年轻,多出一些作品。你和我们一样,都会有看不清的那天,但此时此刻,是你最年轻的一天。"

年轻时的我们总会在内心描绘出自己五十多岁的形象,但我们知道,这并不靠谱,这就好比活着的时候,具体地想象死后的世界一样。就算我们对未来一无所知,但有一件事是可以确定的。坚持。做一件小事,每天坚持。无论是写作还是跑步,坚持是最美好的事。

我经常会觉得,年纪越大越容易发现,我们曾经嗤之以鼻的、瞧不起的简单价值观竟然是真的。这说明,我们老了。

什么是坚持?我的理解是,不要三天不背单词,不要三天不读书,不要三天不动笔,不要三天不跑步。

因为无论是肌肉还是意志,都可以被训练,反复地说服肌肉:"你一定得完成这些工作。"倘若一连几天都不给它负荷,肌肉便会自作主张:"哦,没必要那么努力了。太好了。"然后自行将承受极限降低。意志力也是如此。它适合每一个角落。

坚持跑步的理由不过几点,中断跑步的理由却能装一大卡车。

所以,我也继续回到书里:"对小说家来说,最为重要的资质是什么？"不必说，当然是才华。才华之外，如果再列举小说家的重要资质，那就是集中力。这是将自己有限的才能汇集起来，倾注在最为需要之处的能力。

我每天早晨集中工作三四个小时。

集中之后，必需的是耐力。即便能一天三四个小时集中意识执笔写作，如果只坚持一个星期依然写不出长篇作品来。每天集中精力写作，坚持半年、一年、两年……小说家（至少是有志于写长篇小说的作家）必须具有这种耐力。

集中力同耐力与才能不同，可以通过训练在后天获得。只要每天坐在书桌前，训练将意识倾注于一点，自然就能掌握。这同前面写过的强化肌肉的做法很相似。每天必须不间断地写作，必须集中意识工作——将这样的信息持续不断地传递给身体系统，让它牢牢地记住，再一点一点将极限值向上提升。这跟每天坚持慢跑，强化肌肉，逐步打造出跑步者的体形是异曲同工的。

哪怕没有东西可写，我每天也会在书桌前坐上好几个小时，独自一人集中精力。

我想，越跑步、越坚持写作，越能找到生命的意义。

村上有一辆自行车，参加过四次铁人三项赛。车身上写着"18 Til I Die"。这是借用了布莱恩·亚当斯的走红名曲的标题。当然这是开玩笑。身体上我们不可能做到，但18岁是一种心态。所谓永远18岁，就是永远做自己，且做自己喜欢的事情，这样我们就可以永远年轻。

教书这么多年，越来越多的年轻人跟我说，18岁后，生活越来越痛苦。我总会把村上这句话送给他，"疼痛无法避免，磨难却可以选择"。我自己跑步的时候，耳边也会时常响起这句话。每次跑完5公里后，都感觉身体格外舒服，跑完后好几个小时，我还是特别兴奋，像是重新找到了自己。

正因为痛苦，正因为刻意经历这痛苦，我们才能从这个过程中发现自己是活着的，至少是发现一部分，才能最终认识到：生存的质量并非成绩、数字和名次之类固定的东西，而是包含于行为中的流动性的东西。这才是生命的本质。

这本书的最后，村上写着：

假如有我的墓志铭，而且上面的文字可以自己选择，我愿意它是这么写的：

村上春树

作家（兼跑者）

1949—

他至少是跑到了最后。

是的，我们都会到最后。只是，有些人跑到了最后，有些人躺到了最后，我不能确定后者一定比前者差，我能确定的是，我会是那个跑到最后的人。因为，我不希望自己的生活有所遗憾。如何不留遗憾？跑下去，一直跑下去吧。

《老人与海》

当遇到挫折时你要读的书。

每次遇到挫折,我都会梦见那片大海。我们都会老,也都会遇到扛不过去的事情,这时你不妨翻开《老人与海》。海明威是20世纪著名的传奇作家。他特别不喜欢单调的生活,每天都在钓鱼、打猎、拳击、斗牛、探险,过得特别精彩,所以写的故事也好看。

海明威是有"人设"的作家,他的人设就是"硬汉"形象,我写过一本书叫《硬汉的眼泪》,也是因他而来的。海明威还是个"戏精",特别喜欢夸大自己做的事情,做了一成,喜欢说到满,这让他每天都很疲倦。

海明威当过记者,一个好的记者,大概率是一个好的作家苗子。他通过叔叔的关系在《堪萨斯城星报》找到了人生第一份工作。这家报纸要求记者的文风简练有力,不使用过时的形容词和俚语，这些特点在海明威日后的创作中一直被保留。如果你阅读过《老人与海》的英文版，你会感受到其中的简洁之美。

实习记者当了不到一年，海明威又成了红十字会战地服务团的司机，奔赴欧洲战场。不久，他为营救战友而受伤，炸弹弹片在他的腿上留下了两百多处伤口，迫使他结束了自己的战斗生涯。这段经历也让他精神受挫，患上了创伤后应激障碍（PTSD），很长一段时间内他都饱受失眠困扰，没法关灯睡觉。这种痛苦一直持续到他死去。而苦难往往是作家创作的灵感之源，所有让作家痛苦的事情，都成为他创作的动力。回到美国后，海明威继续他的记者生涯，直到他结识了舍伍德·安德森。安德森已经是一位备受瞩目的作家，创作了《前进的人们》和《穷白人》等作品。

在他的提携下，海明威进入了作家圈，并很快因为自己的才华成名了，一度跟福克纳称兄道弟。福克纳我们太熟悉了，他写过著名的《押沙龙，押沙龙！》，获得了诺贝尔文学奖。海明威觉得自己可以跟福楼拜一较高下，他说过，只有两个人他比不过，莎士比亚和托尔斯泰。

但这狂妄的背后，并不是海明威的年少轻狂，而是他艰苦卓绝的训练。

海明威受伤后，以记者的身份去了趟巴黎。那段日子他过得很苦，收入很少，没有名气也没有作品，好不容易写了几个故事，手稿还被人偷了，这有点像我们写文章时突然电脑坏了。那时候，他经常在咖啡店写作，用铅笔写在便携笔记本上，一写就是一天。这样的坚持训练让他的文风逐渐成熟，具有了硬汉的特色。

他的努力终于迎来了回报，1926年《太阳照常升起》出版以后，他开始引起读者和评论界的注意。这部小说被年轻人喜爱，认为具有先锋性，从而引起更多人阅读。随着关注度的提升，他有了更多表达的机会。1929年，他创作了《永别了，武器》，又是叫好卖座。在他事业顺风顺水的时候，一件事情发生了，他的父亲自杀了。

1928年底，海明威的父亲因为健康恶化、投资失败、生活低谷，在家中开枪自杀。海明威因此心情十分复杂，一方面他为父亲的死伤心不已，另一方面，他觉得父亲是"胆小鬼"。一个连死都不怕的人，怎么可能害怕这个世界的残忍呢？一个自己心目中曾经的英雄，竟然自杀了。懦夫！羞耻！可是他没料到的是，他也是这么死去的，就像是一个宿命轮回。

父亲的死看似对他没有太大的伤害，他维持着自己的硬汉人设。进入30年代以后，海明威名气越来越大，他也越来越注意经营这个人设，绝不让自己人设崩塌。

整个30年代，海明威写了很多短篇小说，如《白象似的群山》《乞力马扎罗的雪》等，这些小说的对白极为简洁，他还提出了著名的"冰山理论"。他将小说的表面故事比喻为冰山露出海面的部分，只占全部体积的八分之一，而故事的深层含义则隐藏在海面之下，需要读者自行发掘。

尽管他写了很多小说，但评论家却普遍认为他只是在自我重复。甚至很多评论家说，海明威对自我形象的关注远远超过了他对文学本身的关注。比如他常常描绘硬汉形象，但为什么他总是写硬汉呢？是在向读者传递一种隐晦的自我吗？

事实上评论家是对的，整个40年代，海明威投入在公共事件中的精力远超于他投入创作中的精力，这段时间他几乎没有像样的作品发表。很多作家都有过这样的经历：人出名后，就不再写东西了，喜欢对公众事务指手画脚，不在乎作品在乎人品。有趣的是，此时他受到一个特别大的打击：1949年，诺贝尔文学奖授予了自己的老对手福克纳。

在福克纳得奖一年以后，海明威发表了长篇小说《过河入林》，这是他阔别文坛十年后的作品。海明威曾经在给朋友的信里说过，只要他还活着，福克纳就只能靠酗酒才能保持得诺奖以后的良好感觉。但结果呢？这本书被评论界一致恶评，说小说中的上校空洞乏味，怨天尤人，完全没有存在的意义,描述这样的退伍老兵,海明威到底想表达什么?也是在这一时期,海明威的身体状况持续下滑,血压血脂升高,体重飙升,各种疾病接踵而至,所有的一切似乎都在预示,海明威要走下坡路了。

但为什么说海明威是真正伟大的作家?因为正是在这种逆境下,他写出了《老人与海》。

1952年,这部小说首次发表在《生活》周刊上,短短48小时内就售出了531万份,第二年,《老人与海》荣获普利策奖,第三年,他终于获得了诺贝尔文学奖。小说只写了8周,可故事的源头却在约20年前。

2002年1月15日,全世界的重要媒体都报道了一条来自古巴东哈瓦拉的消息:一个叫格雷戈里奥·富恩特斯的渔民病逝。这个人就是《老人与海》主人公的原型。

1930年,海明威在海上邂逅富恩特斯,后者向他讲述了自己21岁时捕获一条1000磅重的大鱼的经历。这段经历成为一粒种子,植入海明威的心灵深处,20年后,这粒种子开花结果,成就了《老人与海》。

有个很有意思的商业故事。

1961年7月2日清晨,海明威在书房准备自杀。然而,就在这时,电话意外地响了起来。他抓起电话,世界听到了他最后一句话:"我们都欠上帝一死。"说完,他用一支双管猎枪结束了传奇的一生。

在海明威自尽后,富恩特斯由于极度悲伤无法再出海,从此在家中向全球游客讲述自己捕获大鱼以及和海明威交往的故事。这听起来很感人,但实际上是一项付费服务,听故事的人都要给钱。这个商业决策让富恩特斯积累了相当的财富,过上了奢侈的生活,抽哈瓦那雪茄,喝朗姆酒,看漂亮的姑娘,自嗨了半个世纪。然而,这是后话。

回到海明威,他曾对父亲自杀抱着复杂的情感态度,但最终以与父亲相似的方式结束了自己的生命。这似乎是一种轮回,无法逃脱。然而,至少他在这个世界上留下了《老人与海》,让世界知道他曾经来过。

我想这就是生命的意义吧。你可以被毁灭,但是你不能被打败。也许我们努力换不来我们想要的结果,但是我们要拼命搏出一片天,至少这片天证明我们曾经存在过,就像《老人与海》里写的一样。

小说的主人公叫圣地亚哥,是古巴首都哈瓦那附近一个渔港的老渔民,他已经整整84天没有捕到鱼了,他有个小帮手,叫马诺林,老人教会了他捕鱼,他也很崇拜老人,觉得老人是最好的渔夫。但为了生计,马诺林的父亲让他上了另一条船。

这天晚上,马诺林又来给空手而归的老人帮忙,带来了晚餐和啤酒，还准备了第二天捕鱼用的鱼饵。当全世界都以为老人雄风不再的时候，只有马诺林还相信他。我们生活里总有这样的人，全世界都不相信你的时候，这个人还在默默地相信你。

　　第二天，老人带着一瓶水和马诺林为他准备的鱼饵独自出海了。海上风平浪静，不等天亮，老人就陆续放下了鱼饵，没过多久，他钓到了一条10磅重的长鳍金枪鱼，而这只是一场大戏的序幕而已。他把金枪鱼放进大海，凝视着钓索，就在这时，他手中的钓竿猛地往水中一沉，老人伸手去拉钓索，他立刻明白，有条大马林鱼上钩了。但是这条鱼显然力量很大，它拖着渔船慢慢地往前走，从中午到傍晚，从傍晚到凌晨，从凌晨又到傍晚，整整一天半的时间，老人和鱼一直僵持着。鱼挣脱不了老人的钓钩，老人也不能把鱼拉出海面。

　　这像极了生命里的困扰，你打不垮我，我也杀不死你，我只能和你用意志拼命。他想起马诺林曾对他说，自己是个不同寻常的老头，想到年轻时跟大个子的黑人比赛掰手腕，比了一天一夜才赢了对方，后来人人都叫他冠军。一度，老人也曾昏昏入睡，梦到自己还是个孩子的时候，在非洲的海滩上看到威风凛凛的狮子。

　　狮子是什么？是王者，是战胜一切的万兽之王，也是每一个像老人一样的人。到了晚上，精疲力竭的大马林鱼终于浮出了海面。同样精疲力竭的老人也用尽最后的力气，高高地举起鱼叉，狠狠地把它叉进了鱼的胸鳍后方。

这故事到这儿可能只是一个励志的故事，可是，这个故事不只有励志，还有残酷。鱼实在太大了，船里根本放不下，老人把它绑在船边，开始返程。很快，事情开始起变化。

大马林鱼的血腥味招来了鲨鱼，一个多小时以后，第一条鲨鱼循着血迹向他们袭来。老人用鱼叉杀死了它，它也弄断了老人的鱼叉，接着，一群又一群的鲨鱼轮番来袭，老人先是用刀，刀断了就用短棍，短棍断了再用船桨……我想，这就是海明威想要说的：人可以被毁灭，但不能被打败。他和鲨鱼搏斗，一方面是为了这条鱼，另一方面是为了自己的尊严。

我们都知道结局，这条鱼最后只剩下鱼骨头。出海后的第三天凌晨，老人回到了自己的小屋，沉沉睡去。这天下午，当地来了一群游客，他们说这骨头一定是鲨鱼的。而在路的另一边，老人再次睡着了，他梦到了狮子。

我过了很多年才明白，只要他仍然能梦到狮子，他的力量和勇气就不会消退。就像我们，只要还在读书、写作、锻炼，无论遇到什么挫折，就都还有机会。

我想，正在读这本书的你，可能也在遭受一些挫折和痛苦。如果说你一定要记住点什么的话，那就是这句话：放心吧，都会过去。人可以被毁灭，却不会被打败。

不要被打败，要想办法站起来，就算别人说你捕捉的是鲨鱼，就算没人看到你和鲨鱼搏斗，就算最后什么也没了，你至少对得起自己。

《麦田里的守望者》

> 青春的叛逆，到头来总会让人后悔。

有时候家长跟我说：我的孩子太叛逆，该怎么办？我总会想到我书架上放的《麦田里的守望者》。虽然这本小说首次出版于1951年，但至今仍是人们喜欢的作品。他的影响很广泛，1980年，一个叫马克·大卫·查普曼的人在纽约枪杀了甲壳虫乐队的主唱约翰·列侬。他对着约翰·列侬连开数枪，然后默默地等着警察来。等警察把他带走之后，他说了一句令人毛骨悚然的话："你变了。"

他被带走的时候，手里就拿着这本书——《麦田里的守望者》。

几个月之后，另一位名叫约翰·欣克利的人向当时的美国总统里根开了枪，事后在他住的旅店房间里也发现了一本《麦田里的守望者》。

这本书到底有什么魔力，能够将小说和谋杀紧紧地连在一起？

前段时间有一个特别火的节目叫《中国有嘻哈》，里面有一句表达叫作"keep it real"，保持真实。到底什么是"real"呢？其实很难清楚界定，尤其是当一个人标榜"非常真实"时，他好像就变得不那么真实了。《中国有嘻哈》改变了很多年轻人之间的沟通方式，比如说讲话要有单压双压的节奏，比如说见面要问对方会freestyle吗。这本《麦田里的守望者》对当时美国大众文化的影响，就像几年前《中国有嘻哈》对中国大众文化的影响一样大，甚至更大。这本书红了之后，美国有一群人开始把帽子反着戴。这本书的语言非常强烈、酷炫，很多话就像阳光一样热烈。我建议大家如果语言过关的话，可以去看英文的原版，因为在英文的原版中，你能感受到作者像一个说唱歌手一样，用自己的价值观讲述他认为正确的道理。这感觉就像是一个人嚼着口香糖，反戴着棒球帽，跟你讲自己童年的经历。

这本书一开始就批评了狄更斯的《大卫·科波菲尔》，告诉你：我讲的这个故事绝对跟那种"一个孤儿慢慢攀到上层阶级"的普通励志故事，是不一样的。怎么不一样呢？这里一定要说一下《麦田里的守望者》的创作背景。它出版于1951年，那个时候美国刚刚在二战中获得了胜利，它变成了一个政治、经济、军事大国。那个时候,纽约就是美国功利社会的代表。人们特别迷茫,在战火纷飞之后,他们没有尊重生命,而是一切都朝钱看了,大量的资本和资金涌入,每天热钱滚滚而来,工业革命的结果在街上随处可见,到处都是汽车奔驰。

人们在蓬勃和繁华中假装自己事业有成,腰缠万贯。人们普遍迷茫,不知道自己除了赚钱还能做什么。

这本小说用全部笔力来刻画一个角色,就是在讲这种迷茫。主人公对周围环境深恶痛绝,想要反抗,但不知道该反抗什么。他厌恶这个世界,却不愿意离开。他反对周遭的一切,但他并不知道自己在反对什么。他向往自由,但他根本不了解自由是什么。这么一个无比迷茫的人,让年轻人感同身受——这不就是我吗?

塞林格是个很有意思的人,他的生活跟故事的主人公一样,扮得又聋又哑,这样就不用跟谁做愚蠢又无用的交谈了。

在约翰·列侬和里根总统被刺之后,有人通知塞林格,他们身上都携带着他年轻时写的一本书,名为《麦田里的守望者》。这些书都已经被翻阅得破旧不堪。可对外面发生的一切,塞林格毫无兴趣。在人生的后50年里,他雇用了一帮专业律师跟很多人打官司。任何人只要敢写涉及他隐私部分的东西,他就会将对方告得倾家荡产,甚至导致很多出版商破产。他这一生都在写作,只是不再出版了。他说:"只要不出书,我就能有一种美妙而宁静的感觉。"他会为此感到平和而快乐,而出版对他来说是一种对隐私的严重侵害。那个时候,无数狗仔想拍摄他,无数记者想采访他,都被他躲开和拒绝。他的晚年事迹只在女儿和情人的回忆文章,以及与代理人和出版商的法律纠纷里出现。塞林格竭尽全力沉默着,你甚至在各个场合都没有办法听到他的呼吸。

但我们知道,这无非就是塞林格在为过去的叛逆赎罪。

塞林格在欧洲期间曾经跟一个女医生结婚,但不久后就离异了。1953年,他结识了一位名叫克莱尔的女学生,两人于1955年结婚,然而很快又离婚了。到了1972年,他在一本杂志上看到了一位耶鲁大学的女学生的文章和照片,被她的美丽吸引,两人开始通信,但关系在十个月后破裂。此后,塞林格的感情生活成为一个谜。2000年,塞林格的第二任妻子的女儿马格利特出版了一本名为《梦幻守望者:我的父亲——塞林格》的回忆录。在这本书中,她透露了塞林格很多不为人知的秘密,比如他经常喝自己的尿,很少与妻子发生关系,禁止她走访亲戚等。渣男身份坐实后,这成为他在世界上的最后故事。

在他的女儿写完这本书之后,舆论哗然,也不知是真是假，但是塞林格确实减少了很多跟外人沟通的可能。他这一生过得很传奇，第一次结婚没多久，他就渴望独处，刻意隐居。他建造了一间小木屋，隐藏在离家较远的树林中，周围是茂密的树木。此外，他还设置了很多高大的铁丝网，网上装着警报装置，上面写着禁止闯入的警示牌。他变得越来越古怪，也越来越不愿意跟人交流，一直到2010年1月27日，他在美国的家中去世，享年91岁。他传奇的一生影响了未来文坛上很多优秀的作家。村上春树甚至亲自将《麦田里的守望者》翻译成日语，他说这本书对他影响至深。

这到底是个什么故事？

其实非常简单，用一句话概括：16岁的霍尔顿，一个脏话连篇、说话痞里痞气的少年，在圣诞节前被学校开除，然后他在纽约度过了一天两夜的生活。

塞林格用第一人称"我"讲述了整个过程。

霍尔顿的家庭是典型的美国中产阶级家庭，父亲是一名律师，母亲是家庭主妇，有四个兄弟姐妹，霍尔顿排行老二。这个家庭忽然遭到一个巨大的打击：排行老三的弟弟艾里死掉了。小艾里是个爱打棒球的红发小男孩，他的离开让母亲患上了非常严重的精神类疾病。后面我们看到霍尔顿也因为这件事情备受打击，他意识到生跟死之间原来间隔并不那么明显。

故事一开始,霍尔顿就吐槽了他就读的潘西中学。这是一所位于美国宾夕法尼亚州的寄宿制中学,具备典型的中产阶级特征。霍尔顿只有16岁,但比一般人高一头,一米八几的个子,整日穿着风衣,戴着棒球帽,游游荡荡从不读书。他对学校的一切——老师、同学、功课、球赛全部烦腻透了,已经连续三次被学校开除。这又一个学期结束了,他因五门功课中四门不及格再次被校方开除了。一个老师在帮他想解决方案,在想办法帮他留在学校的时候,他竟然对老师有了一丝同情。

他被开除之后,在学校待了一个下午,去看了历史老师。告别时,他不仅没有听从老师的教诲,还感觉如芒刺背、如坐针毡、如鲠在喉。一直熬到晚上,他回到寝室跟室友闲聊扯皮,两个嘴上没把门的少年,说着各种脏话,感觉一切事情都和他们无关。直到他的室友非常随意地说他泡了一个叫简的姑娘。因为不满对方语气轻佻,霍尔顿跟他打了一架,结果还没打过,被揍得满脸是血,之后他花两分钟时间收拾好行李离开了学校。简是霍尔顿真爱的姑娘,他们曾经是邻居,她的父亲是一个酒鬼。关于简的信息,霍尔顿在一开始没有说完,而简在整个故事里不停地出现在他的记忆里。

这种写作方式称为穿梭式写作,即通过不同方式在故事中展现一个人，而非一次性叙述。读者们或许会联想到电影《阿甘正传》，觉得阿甘和珍妮的一部分或许改编自霍尔顿和简。每段爱情都有自己的原版。

我们借着霍尔顿对简的真爱，看一看赛林格本人的感情。

19岁时，他经历了初恋，恋爱对象是他父亲的朋友，一个火腿进口商的巨富的女儿，波兰人。当时塞林格当他的翻译，和他们相处了十个月。之后，二战时塞林格转到了维也纳，这家人却全部死于集中营。塞林格给她写了一个短片，叫《一个我所知道的女孩》。这一段爱情没有结果，但是让他刻骨铭心。他还有一段感情。那时他在游船上结识了剧作家16岁的女儿乌娜，乌娜也是一位艺术家，然而她并未爱上塞林格，最终嫁给了大她30多岁的喜剧大师卓别林。

那个时代真是人才辈出。一个女人爱上的人和爱她的人都赫赫有名。塞林格跟海明威的关系也不错，他从两人的关系中汲取了巨大的个人力量，他用海明威的绰号"爸爸"来称呼对方。这让人不由感慨，人才似乎总是在某个特定时代的特定环境中群聚涌现。

我们接着看故事。霍尔顿跟同学打了一架之后离开学校，回到纽约，不敢贸然回家。当夜他住进了一家小旅馆，旅馆里聚集着古怪的人，有男人穿戴女装，有男女相互喷水、喷酒。霍尔顿很厌恶这些人，但他一边吐槽一边想："如果我也有这样的感情该多好啊！"这里你能看出青春期的自己，充满着矛盾，瞧不起这个世间的爱情，又期待拥有一段美好的爱情。我曾经就是这样，讨厌所有在食堂里互相喂饭的男女，又心想如果有个人能喂我一口饭，该是多么幸福啊！

在旅馆里，他感到烦闷，于是和电梯工聊天。让电梯工找了个妓女，过夜15块钱，一次5块钱。可他一看到妓女，又紧张又害怕，干了一件非常诡异的事儿，给了妓女5块钱，打发她走。可妓女说："我只要上门就要收10块钱。"霍尔顿说："我没10块钱。"于是妓女找来电梯工，电梯工生气地打了他一顿，拿走了他们要的另外5块钱。

这是我读到过的文学史上第一次讲述"仙人跳"的场面。一个16岁的小少年什么都没做还被打，甚至丢了10块钱。于是，他当着皮条客的面竟然委屈地哭了。这真是太可爱了。他在厕所里坐了一个钟头，幻想自己被枪杀，提着枪复仇，简来替自己包扎，想着想着睡着了。醒来之后走出旅店，看到两个修女，修女的简朴感动了他。他捐了10块钱，又跟她们聊了一会儿。然后去找自己的女朋友，叫萨丽。他们去看场戏，去溜冰，他看到萨丽那副假情假意的样子，根本不像爱自己。他很不痛快，两个人吵了一架就分手了。

这像不像我们现在很多年轻的男女,感觉来了就在一起,一言不合就分手,为什么分手其实也不清楚,只觉对方假情假意。霍尔顿和萨丽分手后,一个人去看了场电影,又跑到酒吧和一个老朋友喝了一杯酒,喝得酩酊大醉。他想着往百老汇的方向走,准备给妹妹买一张唱片,因为在整个故事中他一直盼望着能见到妹妹。他把头伸进了酒吧厕所的冷水池浸了一会儿,才渐渐清醒过来。但是当他走出酒吧,冷风一吹,他的头发竟然结了冰。他觉得自己很可能会得肺炎而死,这样就再也见不到妹妹了。于是他那种矫情的劲儿又涌上心头,他觉得自己会死,会默默无闻地死去。。

我们现在明白,18岁之前总爱说一句:"活到20岁死了算了,活到30岁死了算了。"可真的活到20岁、30岁的时候,才发现自己其实并不想死。

霍尔顿决定冒险回家,跟妹妹诀别。诀别前,听到有个孩子在唱:"如果有人抓到别人在穿越麦田。"

这段描写非常动人,旁边的人群川流不息,街上的汽车呼啸而过,这是一个喧嚣的世界,没有人注意到那些孩子,而孩子眼中也没有这个喧嚣的世界。孩子只是专注地贴着马路牙子走,反反复复地哼着:"如果有人抓到别人在穿越麦田。"

见到妹妹菲比之后,霍尔顿跟她有一次全文中最重要的交谈。

他说:"我将来想要当一名'麦田里的守望者'。有那么一群小孩子在一大块麦田里做游戏,几千几万个小孩子,附近没有一个人——没有一个大人。我是说——除了我。我呢,就站在那混账的悬崖边。我的职务是在那儿守望,要是有哪个孩子往悬崖边奔来,我就把他捉住。我是说孩子们都在狂奔,也不知道自己是在往哪儿跑。我得从什么地方出来把他们捉住。我整天就干这件事儿,我只想当个'麦田里的守望者'。"

这段话堪称是文学史上的名句之一。这也是霍尔顿的守护,对早早去世的小弟弟艾里、妹妹菲比的呵护。他希望自己可以用最纯真的方式去呵护他们,保护他们,让他们远离丑陋,远离世界的恶俗,远离战争、谎言,远离这落魄不堪的现实世界。这也是塞林格的逃离。但是,这恐怕只是年轻时的念想。

我们都有一段时间想要离开这个纷争的世界,可是我们又没有办法定义什么才是我们想要的。在这样的迷茫下构成了青春时的反叛,一方面反叛这个世界上所有的事情,一方面又不知道什么才是正确的,留下的只有反叛本身。

霍尔顿溜出家门后,前往他尊敬的老师家里借宿。半夜,老师摸了一下他的头发,他感觉这个老师可能是个同性恋，又偷偷地跑了出来，到车站过夜。在车站他突然意识到：他不就是摸一下我的头吗，不一定是同性恋，我是不是误会他了？又是这样的矛盾和迷茫，让他坚定了自己成为一个"麦田里的守望者"的决心。霍尔顿不再想回家，也不再想念书，他想去西部谋生。那个时候去美国的西部有点像我们现在去新疆、西藏、丽江，只要在北上广受伤了就想逃去的地方。

临走前霍尔顿想再见妹妹一面，于是他托人带去一张纸条，约她在博物馆门口见面。过了约定时间好一阵子，菲比来了，可是她竟然拖着一只装满自己衣服的大箱子，说："我要跟哥哥一起去西部。"又说："你不要劝服我了，我肯定要去。"

霍尔顿因为妹妹的坚持放弃了西部之行。

他带着妹妹去动物园和公园玩了一阵。在最后一章，菲比骑上了旋转木马，非常高兴。这个时候，天降大雨，霍尔顿淋在雨中，坐在长椅上，注视着菲比在旋转木马上欢快地转圈，心里高兴极了，几乎忍不住要高声欢呼。也就在那一瞬间，他被治愈了。

我们每个人都有自己的解药。霍尔顿真正的解药是他的妹妹，他想跟妹妹一起生活，这才是他的"西部"。

回家后不久，霍尔顿生了一场大病，被送到了一家疗养院里。出院之后,将被送到哪所学校?是不是想好好用功学习?是不是想改头换面?是不是想为这个社会做贡献?书里没有解释,而霍尔顿对这一切都不感兴趣。

故事讲完了,你看霍尔顿像不像我们生命中的中二少年?

我当老师这么多年,见过很多中二少年。他们本质上是对自己的成长感到困惑,希望保持思想的纯净,但面对太多难以接受的浑浊。他们渴望远离世俗,却又害怕孤独和寂寞,珍惜亲情。然而,成长就是要经历这些浑浊,忍受孤独,最终使自己变得更强大。就像雨过之后,才有晴天。

这本书在网络上评价褒贬不一。喜欢它的人喜欢它表达的少年感和青春感,而不喜欢它的人则有各种充分的理由。每部文学小说在当时都有其生命力,但并不一定适合每个人。

如果你的生活中有一个像赛林格或霍尔顿这样的人,尤其是如果他是你的儿子或女儿,我想你会很无奈。然而,从纯文学角度来看,它确实符合了当时美国需要的一种意识形态。这样的故事放到今天的中国或者美国,可能都不成立,因为我们可能更需要在顺从中找到个性,并且培养独立思考的能力,而不再过于追求反叛。在一个规范的世界里,顺从反而可能走得更远。无论是霍尔顿还是塞林格,如果活在这个时代，可能也会反叛，但大多时刻，还是会顺从。因为他的所有叛逆都似乎没有真正的理由，对他不爽的一切也都有看似标准的答案等着他。并且，在互联网上，很可能可以找到帮助你解决问题的答案。

可能我们都有过叛逆期，尤其是在13岁到16岁这个年龄段。我们都曾反感一切权威，讨厌所有对自己指手画脚的人。可是当我们长大之后，会发现那些曾经那么讨厌的话，像好好学习、要读书、不要早恋、不要打架等，竟然是对的。可是因为处于叛逆期，我们耽误了最好的奋斗时光。比方说不参加高考，比方说在不该生孩子的时候怀孕了，比方说错过了最好的提高自己的时期。

如果你在读我的书，当你想叛逆的时候，请控制住自己的情绪，想想看，到底什么才是对的。不要为了彰显自己的独特而否定一切，不然可能会活得毫无特色。尤其当你长大之后，了解了这个世界多元的价值观，你会觉得年轻时的自己特别可笑。

太阳底下原来没有新鲜事儿啊。

当你无比叛逆的时候，去想想塞林格笔下的霍尔顿，他也不过如此。他的未来会是什么样我不知道。但是我想塞林格在晚年一定因为他的叛逆付出了一些代价，这可能就是他晚年不出来说话的原因。

如果你是家长,当遇到孩子叛逆的时候,请弄明白孩子为什么会这样。可能是年纪问题,随着年纪变大,他会有各种各样主观的看法,也可能是性情问题,或者跟周围环境有关。总之,"理解万岁"很重要,家庭的融洽讲究理解。不要让孩子变成"麦田里的守望者",你才是他真正的守望者。

最终,你会发现,也许我们谁也无法成为谁的守望者,到头来只能自己守望着自己。

就像这本书里说的那句话:记住该记住的,忘记该忘记的,改变能改变的,接受不能改变的。

《献给阿尔吉侬的花束》
你给生命做减法还是加法？

我记得在2019年，有一个朋友给我打电话，"在上海有一个话剧，你要不要跟我一起去看，叫《献给阿尔吉侬的花束》"。我陪他去了，这个话剧讲的是一个傻子变聪明又变傻的故事。后来这个话剧在北京展演，又有两个朋友约我去看。第二遍看的时候，我在现场哭了，尤其是当主人公知道自己又快变笨时的绝望，让人永生难忘。于是我找来了原著，在一个周末看完，本以为已经经历了两次剧情，应该没问题了，却到头来还是破防了，哭得一塌糊涂。

我开始思考这些问题：人到底是聪明地活着好，还是做一个笨人好？如果有一天，我和你的智慧、记忆都消亡，我们曾留下的一切还有意义吗？

这是一部科幻小说，但我觉得它是一本写给成年人的童话。

于普通人而言，即使没有智商、境遇的大起大落，这本书也很特别。错别字充斥其中，领导也不敢管，因为没有错别字，故事讲不通。错别字成为这本书的亮点。一个人连字都写不对，却能理解这世界的尔虞我诈。这不是一种悲哀么？

小说的主角是一个32岁的青年查理，智商只有68，整个故事以他在治疗前后用日记的形式记录的内容为主。

主人公因为智力缺陷备受身边人欺负和家人唾弃，母亲尝试各种方法无果，直到生了二胎，得到一个智商正常的女儿之后，才认清这一切无法改变，于是把他送到了特殊学校。所谓特殊学校，说句不好听的话就是智障学校。

后来他在面包房找了一份工作，那里的小伙伴们因为他的智障常常嘲笑他，但好在并不是每个人都这么坏，他也有了自己的朋友，朋友让他慢慢心安了起来。他好想变聪明，在书里有句很让人心疼的话：也许我聪明了，他们会喜欢我。

就在当时，有一个临床实验正在进行，一只叫作阿尔吉侬的小白鼠智商也很低，但通过实验它变聪明了，能够很快地走出迷宫。于是，他决定参与这个实验，他没有过多询问，只是默默选择去做手术。为了让别人喜欢，他变得多么卑微。

手术后，查理继续以日记的形式记录报告，很快，他积累了很多第一次：第一次在迷宫实验室里超过了阿尔吉侬，第一次读书，第一次学习不同的语言，第一次表白……在书里你能明显看到他的表达从存在大量错别字逐渐变得毫无错误，标点符号使用也十分准确。

他研读相关文献，思考新知识，掌握不同的逻辑，甚至陷入了爱情，爱上了自己的老师。

可这也揭示了世界的残酷，我们曾经以为一个人变得聪明，看清周围的世界后，会变得幸福、开心，但不是。

他突然意识到身边的朋友开始恨他，他回忆自己智商低时，朋友们欺负他，但那时他们是喜欢他的。可是，变聪明之后朋友们更讨厌他了，因为在面包房里，同伴们不喜欢比他们智商高的人，无法通过欺负查理获取优越感时，他们只能疏远他。

这是多么痛的自虐感。可是，这也是每一个成长者所必须面临的挑战。

萨特曾说过，他人即地狱。人与人之间的关系充满了冲突和矛盾，因为每个人都试图按照自己的意志生活，而他人的期望和判断往往与个人的自由意志相冲突。当一个人非常在意他人的想法，想要按照他人的期望和判断活着，而不是按照个人的自由意志活着，就容易变得软弱，经常讨好他人，并且以为这样就能获得他人的喜欢。但其实不是。别人喜欢我们只有一个原因：我们足够强大，并且按照个人意志活着。

就像查理，虽然他并没有伤害过他人，但没有人真正喜欢他。面包房的人远离他，帮他做手术的教授把他当作学术晋升的敲门砖，他心仪的女孩子觉得他像个怪物，当他开始讨论她听不懂的数学、物理时，她不仅不努力去理解，还觉得他已不再善良。

随着智商的提高和记忆的清晰，他记起了小时候被欺凌的经历，记起了父亲和妹妹根本不爱他，记起了全世界的恶意。

人越往高处走，越能感受到无比的孤独，人知道得越少，越觉得轻松快乐。可惜，人无法回到过去，也无法让自己越来越年轻。就在这个时候，不知道是幸运还是悲哀，小说中整个手术的疗效失效了，阿尔吉侬变笨了，最终离世。

查理作为故事的主人公发现整个手术的机理都错了，因为手术只是暂时地让智商升高，之后又会重新变笨，回到一无所知的状态。在纠结中，查理决定：什么也不做，欣然接受。

每次读到在命运面前无奈低头的状态，我都会感到唏谎。他从不接受改变，到愿意从一个聪明的人变回一个笨的人，这个决定其实很艰难。当初他希望变聪明，是因为他想得到他人的爱。但他试过了，他变聪明了，却并没有得到爱。所以手术失败就失败吧，他接受一切。

在彻底变笨之前，他回家见到了母亲，母亲因为阿尔茨海默病认不出他了。他也见到了妹妹，妹妹长大了，也不讨厌他了，因为妹妹早就把他忘记了。他还见到了喜欢的女孩子，他告诉她自己会变笨，请不要伤心。他回到了面包店，他已经开始慢慢变笨了。

但是此时此刻他已经没有智力去了解这背后的人性了。

手术失败了，这只是人类千万次尝试中的一次失败。查理作为实验者接受了失败，也接受了他的过去、现在和未来。

后来，他的报告中再次出现错别字，令人难过。最终，查理忘记了一切，他说，如果你见到阿尔吉侬，请给它献上一束花。

这束鲜花代表着对死去的阿尔吉侬的记忆，也代表着对过去经历的一切的纪念。一切都回不去了，一切也都被忘记了。

有时候我会思考一个问题：如果给查理一次机会，他还会选择经历那段看透世界的人间清醒时光吗？我提出这个问题，也是在问自己。随着阅读的增多，对这个世界的理解越来越丰富，感知也越来越清晰，然后你惊奇地发现，这个世界并不是你想的那样。它不同于童年的理想、童话、梦境，在此基础上还存在着悲伤与痛苦、变化和复杂。

一天下午，我走在街道上，旁边是一所中学。透过围栏，看着那些十几岁的孩子们穿着校服在奔跑，无忧无虑地追逐嬉戏，嘻嘻哈哈。突然间，我明白了一个道理：如果再来一次，我想查理和我一样会再次选择那段一模一样的时光。我所理解的美好世界也是如此：拥有一切，明白一切，却仍然选择善良和单纯。

你经历的事情，你在变聪明时所看到的一切，记下的每个字，都是你生命中的痕迹。最终你能选择的生活，必然是经过减法后的结果。因此，先去体验这个世界，然后评价它，最后留下一些痕迹。或许你最终只是在绕圈，但在绕圈的过程中，人生也会看到不一样的风景。每一圈，因体力、状态、心智不同，都能让你体验到一个不一样的自己。

亚当、夏娃因偷吃禁果而被驱逐出伊甸园，禁果代表知识，被驱逐出伊甸园注定了生命的悲凉。人获得了知识，生命便有了底色。智慧的人会选择经历一切，然后忘记不该记住的事物。从这个角度看，查理是智慧的。他留下了自己的复杂给这个世界，而自己则回归了单纯。

我们总感觉越长大越孤单，因为发现那些曾伤害过自己的人和事仍在影响着我们。然而，好消息是，越长大，我们越愿意品尝生活的喜怒哀乐，体验生活的酸甜苦辣。

我们终究都会死去，但至少我们曾跑通关过迷宫。我们都是那只名叫阿尔吉侬的小白鼠，只是跑通关过迷宫的时间不同，但谁知道，在我们死后是否还会有人为我们献上一束花呢？

《了不起的盖茨比》
真正的富足是什么？

我写过一本小说，叫《朝前》，故事的主人公叫陈朝钱，也确实在金钱的世界里迷失了自己。这个故事其实写的是我自己，但灵感来源则是一本书，叫《了不起的盖茨比》。

菲茨杰拉德是一个很传奇的作者，1896年生于明尼苏达州一个商人家庭，通过一本小说《人间天堂》一夜成名，1925年推出《了不起的盖茨比》，1940年死于心脏病，年仅44岁。为什么44岁就离开了？理由众说纷纭。有人说他老婆太能造了，有人说他太累了，有人说他酒喝多了……我觉得都不是，作家的作品其实暗含着他的生活，他应该是被自己写的《了不起的盖茨比》诅咒了。准确来说，他被钱诅咒了。

菲茨杰拉德在上大学的时候，跟一个有钱的小姑娘谈恋爱，后来被甩了。他痛不欲生，但很快他的处女作小说《人间天堂》出版，仅一周时间就卖出了两万多册。有了钱，他只用了三天就娶到了那个本来已经抛弃了他的姑娘。一夜之间，名利、爱情，如梦境般堆积在他眼前。

他需要维持自己的社会地位，也需要负担家庭的开支，菲茨杰拉德决定憋个大的，于是在1925年出版了《了不起的盖茨比》，然而销量很一般。那时的销量对作者至关重要，因为它决定着出版社要不要跟你续约。

收入受到影响，再加上他的挣钱速度永远比不上他和妻子流水般的花钱速度，所以他此后的人生一直在酗酒和焦虑间度过，他每天都在工作，家里的钱却在一点点花光。最后，妻子被送进疯人院，而菲茨杰拉德本人在44岁就死于心脏病。

二战爆发后，许多在战场上的人突然发现回国后也能过上盖茨比式的生活，他们无比期待，四处传阅。菲茨杰拉德可能自己也想不到，在他去世之后的五六十年里，这部小说的声誉被越抬越高。甚至，在遥远的日本，有一个文学青年把他视为毕生的偶像，这个文学青年叫村上春树。我们这本书也有探讨他的小说。有时候真的令人感叹，很多作家像虾一样，死了才真正走红。

小说的角度很好，以一个叫尼克的叙述者开始，他与菲茨杰拉德有着相似的背景,同样来自明尼苏达州,20世纪20年代初抵达纽约学习做债券生意。他从闭塞的中西部来到已经逐渐成为金融高地的东部。那时有一首歌叫 *Go West*,鼓励人们去西部开拓,可见那时的西部确实荒凉。他在纽约上班,房子租在纽约附近的长岛西卵区,那个地方就像北京的通州或回龙观,聚集着北漂来打拼的人。而对岸的东卵则是标准的上流社会聚居地,充满了"老钱"。

尼克一到西卵,干了两件事。第一件,先租了个房子,房子一旁是一座气派的大公馆,主人的名字叫盖茨比,富裕神秘。第二件事是弄来一辆道奇二手车。20世纪20年代,美国正值汽车工业的高速膨胀期,几乎人人都买车。

东卵住着尼克的亲戚——表妹黛西和她的丈夫汤姆,都是有钱人。尼克一抵达,就去拜访了他们。整个夏天的故事,就从这次拜访开始。

尼克发现,表妹一家虽然很有钱,但黛西过得并不开心,她和女儿就像黄金宫殿里的寄宿客,和这个地方格格不入。黛西说话空洞,缺乏真实感,仿佛在演一场戏。就像我们在"小李子"演的同名电影里所见,黛西的形象非常逼真,因为小说中也说过:似乎唯有刻意的快乐,才能掩饰内心深处的不快乐。

至于汤姆,尼克很快就发现他外面有女人,而且有恃无恐,一种我有钱我怕谁的样子,情人来电话,汤姆毫不避讳地去接,黛西也像是什么都知道一样。汤姆还带着尼克到处兜风,炫耀自己的势力和情妇,完全忽视了尼克和黛西的关系。那时代,金钱至上,上帝已被堕落取代,人们的价值观迅速蜕变。

他们很快来到西卵与纽约之间的一片灰色的工业垃圾场。书里说:灰烬像麦子一样生长,灰烬堆成房屋,最后堆成一个个灰蒙蒙的人。尘土上面有一双眼睛,架在一个不存在的鼻子上,从一副硕大的黄色眼镜向外看。这是一块巨大的招牌,应该是以前一个异想天开的眼科医生放在那里的。如今医生早就不知去向,但眼睛还在阴郁地俯视这片阴沉的灰烬堆。

这段话我每次读完,都叹为观止。现在想想,灰烬堆的形成是因为人们为了经济利益,无底线地破坏环境。我总会在读这本书的时候,对比那个时候的美国和现在的中国,经济都在发展,但很多人都在迷茫。

纽约城市化进程加快带来的首要问题是工厂、居民集中于市中心,纽约因此显得拥挤不堪,因为拥挤,所以房价上升,而劳工的工资却在降低,这同时也带来了更多的就业机会,但也伴随着大量的环境污染。可是,为了发展,人们并未过多关注环境。

回到故事中，汤姆带着尼克来到灰烬堆中的一家汽车修理店，老板威尔逊一副心力交瘁的样子。威尔逊是一个生活在社会底层的人，他一看到汤姆就追着要买他的车，因为汤姆以前答应过他会低价卖给他。然而威尔逊不知道的是，卖车只不过是一个幌子，是汤姆一直光顾汽车店的借口，因为汤姆喜欢他的老婆。

接下来，汤姆当着尼克的面，带着他的情妇威尔逊太太，三人一起去纽约，在汤姆租的公寓套房里喝酒狂欢，而尼克完全被震惊了。那个时候的美国，由于汽车的普及，人们开始习惯于一种流动的方式生活，从一座城市迁徙到另一座城市，在跟一个情人缠绵之后飞车赶去跟另一个情人幽会。就如这个时代，因为微信的普及，人们也可以在家里和家人沟通完，拿起手机切换到另一个世界和陌生人链接。

每一个新时代里，都会有新的故事人物，这四类——"老钱"（汤姆）、"新钱"（盖茨比）、"找钱"（尼克）和"没钱"（威尔逊夫妇）——总会出现。

交谈中，西卵和东卵的人都在谈论盖茨比，但谁也说不清他到底是谁，他的钱又是从哪里来的。盖茨比家几乎夜夜笙歌，宴请的都是社会名流。尼克也收到了他的邀请函，于是穿过草地到隔壁赴宴。小说把宴会描写得喧嚣华丽，宴会上的男男女女只顾着饮酒作乐，根本不在乎主人到底在哪里。尼克这个时候结识了他心仪已久的乔丹。

盖茨比悄然出现在尼克身边，向他作自我介绍，举止彬彬有礼，标榜自己毕业于牛津，暗示自己读过很多书，语言间洋溢着"老钱"的风范。他的豪车也令人惊叹，超现实般的描绘让人印象深刻：车身长得出奇，挡风玻璃可以反射出几十个太阳的光辉。盖茨比总是将车开得飞快，挡泥板像翅膀一样张开。两个人开始闲聊，谈及部队、牛津等话题，渐渐揭开盖茨比内心深处的真实情感。

尼克终于知道盖茨比做这些事情的真实目的：原来，盖茨比早在大战开始之前就认识黛西，而且两情相悦，但是自己没钱，等他入伍参战以后，黛西就嫁给了大富豪汤姆。可是谁也没想到，盖茨比发了财，干脆买下黛西家对岸的房子，所有的奢华场面都是给她准备的。他知道尼克和黛西的亲戚关系，希望通过尼克牵线，与黛西重逢。盖茨比说，他每天夜里都会站在海边，遥望对岸的灯光。黛西的声音里"充满了金钱"，所以他渴望打造一个黄金宫殿，只为和她在一起。

多么痴情的男人。

尼克最终还是替他安排了约会。但盖茨比显得紧张不安，像个孩子般手足无措，几乎想要临阵脱逃。尼克急了，催促他说，你这样很没礼貌。盖茨比才放下紧张，和黛西见了面，尽管场面有些尴尬，但两人重逢，仿佛回到了过去的美好时光。小说在这一段把盖茨比的深情描写得特别美好，像极了青春时代的爱情，只是多了别墅、豪车、钢琴等这些很"便宜"的东西。

尼克觉得任务完成，离开了，而盖茨比以为黛西已经回到了他的怀抱，准备和她私奔。但他没考虑到，还有一个叫汤姆的人在等着他们。汤姆很快就感觉到了妻子的异样，摆了个鸿门宴，请盖茨比来。

在一次汤姆家的家宴上，盖茨比、黛西、尼克、乔丹都到了。宴会一开始就充满火药味，汤姆显然做好了挑衅的准备，黛西开始发慌，盖茨比也准备迎战，汤姆于是提议进城去玩，他们之间的对抗由此开始了。

汤姆抢着跟盖茨比换车开，可能他的出发点是为了扰乱对方的节奏，但这个关键的细节，决定了盖茨比最后的命运。他们路上经过灰烬堆中的汽车修理店，在此之前，威尔逊先生告诉汤姆，他怀疑老婆给他戴了绿帽子，让他赶紧把车卖给自己，他准备马上带着老婆离开纽约，告别这个让他一败涂地的城市。并且，威尔逊先生还一次次地在家殴打妻子。

然而，到了城里，他们并没有去娱乐场所，而是在租的公寓里关起门来吵架。一开始，盖茨比占据上风，逐渐击败了汤姆，但最终，汤姆打出了致命一击，将盖茨比逼至绝境，让他失去了从容优雅的姿态。这也击溃了黛西的心理防线：你只是"新钱"。所谓的"新钱"意味着缺乏良好的教育和精英阶层的历练。汤姆还找到了证据，揭露盖茨比所谓的牛津毕业纯属虚构。最终，汤姆查清了事实，盖茨比之所以发了大财，是因为他与黑帮勾结贩卖私酒。

多说两句"禁酒令"的事情。禁酒令的实施可以追溯至20世纪20年代，当时美国的女性获得了投票权。由于过去男人酗酒后可能会家暴妻子，女人们决定禁止男人喝酒。同时，清教传统催生了轰轰烈烈的全民禁酒运动，最终导致禁酒令成为宪法第十八修正案。然而，喝酒这种事怎么可能通过法案彻底遏制。不到半年，黑帮开始私下卖酒，导致酒价飙升。这一时代的情景在《教父》和《美国往事》等电影作品中有生动的描述。

于是，州政府和黑帮开始合作，设立秘密酒店以取代公开酒馆。人们在这种快感中更加放纵，引发了一系列犯罪，如敲诈和抢劫，治安迅速恶化，各种黑帮组织崛起并蓬勃发展。盖茨比成为这一连锁产业的受益者，通过私酒贩卖及黑帮网络谋取暴利。在这个时刻，盖茨比的生活终于瓦解了，失去最后的尊严，黛西的激情也逐渐消退，她跑了出去，盖茨比跟着追了出去。回家的路上，他们把车换了回来。经过停车场时，威尔逊太太正在遭受家暴。她看到一辆黄色的车，以为是汤姆，想要寻求保护，于是从楼上冲下来拦盖茨比的车，结果被撞死在自家门前的马路上。

这里的关键在于，威尔逊太太之前目睹了汤姆和盖茨比交换车辆，所以她本意是拦截汤姆。但是威尔逊先生并不知道这一点，汤姆后来别有用心地告诉他，这辆车是盖茨比的，于是威尔逊先生就认定，是盖茨比先与他老婆偷情，再实施灭口，最后逃逸。

然而，当晚尼克得知，虽然撞人的车是盖茨比的，但驾驶者却是黛西。盖茨比早已决定，不让心爱的女人受到任何伤害，愿意替黛西承担一切。果然，威尔逊先生在盖茨比庄园的泳池边找到盖茨比，一枪打死他，然后饮弹自尽。

尼克万分痛苦，本想倾诉，但意外的是，所有曾因财富接近盖茨比的人都作鸟兽散了。汤姆和黛西就像什么事都没发生一样，安然出国度假。而"飞人"乔丹更是早早离去，消失在远方。唯有尼克忙碌地安排盖茨比的葬礼，而在葬礼上，他看透了社会的冷漠和虚伪，心灰意冷地离开东部，回到西部。

这一切让尼克彻底失望于富豪阶层的道德堕落，同时也意识到：梦想的时代已经终结，无论是盖茨比心中的那点光，还是他所追求的"美国梦"，都已经永远消逝。

小说最后通过许多细节揭示了盖茨比最初是一个典型的

美国梦信徒。尼克在盖茨比去世后发现，盖茨比年轻时就喜欢制定详尽的计划和时间表，他还保留着一份阅读清单。这些细节表明，如果那个时代有读书会，盖茨比很可能会是第一个报名参加的人。他曾坚信通过个人的努力可以改变自己的命运。然而，小说中并没有具体解释为何盖茨比后来认为只能通过非法手段来提升自己的社会地位。这一转变留给读者广阔的想象空间，引人思考在无法通过正当途径改善处境时，人们可能会选择何种路径。这给我们很多反思的空间。

当然，我的反思不仅止于此。我会思考，现在很多人的价值观不也是金钱至上吗？没钱确实是万万不能的，但钱真的是万能的吗？

作为曾经在名利场摸爬滚打的人，我参加过一些明星大佬的饭局，大家围坐在一起，手握红酒，口沫横飞，谈论一些表面上看起来高大上实则空洞无物的话题。每个人都装出一副道貌岸然的样子，内心却焦虑不安。直到这个行业突然陷入困境，有朋友问我，为什么有些人离开得那么快？答案很简单，如果你看过《了不起的盖茨比》，你就会明白一切。你所拥有的一切，实际上都是过眼云烟，今天高朋满座，明天就可能是曲终人散。

其实，真正的富足，不仅是拥有财富，更在于灵魂的富足。

《飘》

> 每个女生，都能活成一阵风。

如果要选一本适合女孩子读的小说，并且只选一本，我一定会选《飘》。

这本书的原名是 Gone with the Wind，随风飘去，指的是主人公的故乡已经随风而逝，也可以解读为每一个像斯嘉丽一样的女孩子，都能活得像风一样自由。

作者玛格丽特·米切尔就像风一样，出道就是巅峰，但随后就消失了。她死于一场车祸，第二部作品写了一部分就成为绝唱。她一生只有这一部作品名垂青史，就像《小王子》的作者一样，似乎只是为了写这本书而活着。这本书，也帮她"活"到了永远。

有时候我也会考虑，是不是写完一本书就该收笔了。但后来我明白，我的表达也应该像风一样自由。我只需要写我自己的，其他的，我都不必管。

《飘》是美国历史上最畅销的小说之一。我查了一下数据，截至20世纪70年代末这本书被翻译成27种语言，全球发行量接近3000万册。1936年，小说刚出版的第一年就卖了100万册。这让我想起我的《你只是看起来很努力》，也是刚出版就卖了100万册。不过，这是两个不同的时代，更何况是当时经历了经济大萧条的美国。

没过多久，《飘》改编的电影《乱世佳人》在1940年的第12届奥斯卡金像奖颁奖礼上一举夺得10项大奖，如果将其票房换算成现代货币价值，可以达到惊人的34.4亿美元。如果考虑通货膨胀，《乱世佳人》的票房甚至超过了《阿凡达》。

很多中国读者可能不太了解南北战争的背景，这段残酷的历史我来简单介绍一下。南北战争导致了几十万人的死亡。南北之间的矛盾早在美国建国之初就显现出来，主要是因为经济理念的差异。北方以制造业、商业和金融业为主，而南方则以种植园经济为主。南方种植了大量棉花，需要大量的人工进行采摘。因此，黑奴成了南方采摘棉花的唯一劳动力，而这也是南方诸州坚决维护奴隶制的主要原因。

在《乱世佳人》中，塔拉庄园和十二棵橡树庄园主要种植的就是棉花，这象征着庄园的财富。即使在战后重建时期，北军烧毁了塔拉庄园的所有棉花，斯嘉丽为了重振家族，首先想到的还是种植棉花。

奴隶制度的压迫使许多黑人生不如死。如果你有胆量，可以看一部名为《为奴十二年》的电影。我小时候看完这部电影后，好几个夜晚都失眠了，因为奴隶制背后的恶深深触动了我。

《乱世佳人》讲了一个什么故事呢？

故事一开始，斯嘉丽听到了一个令她震惊的消息：她心仪的对象阿希礼将要与他的表亲玫兰妮订婚。对斯嘉丽来说，这简直是晴天霹雳，因为在她眼中，玫兰妮毫无吸引力。她原本以为阿希礼会向她求婚，但现实却出乎她的意料。

换作一般人大概就放弃了，但斯嘉丽的厉害之处在于绝不认输，无论遇到什么困难，都主动出击。斯嘉丽决定在第二天的烤肉野餐会上竭尽全力赢回阿希礼的心。她展现出了强大的主动性，不惜一切努力去追求自己的幸福。我也常常这样鼓励我的学生：女孩子要积极追求自己的幸福，因为优质的生活和男人都需要自己努力争取。

在舞会上，斯嘉丽终于找到机会向阿希礼吐露真情。谁也没想到，阿希礼也承认喜欢斯嘉丽，但还是拒绝了她。因为他不敢自己做选择，他清楚地知道，两人来自不同的家庭，自己是"old money"，有着丰富的文化底蕴和欧洲的经历,而斯嘉丽则是"new money",第一桶金都不知道怎么得来的。阿希礼的被动态度注定了他命运的坎坷。

阿希礼无情的拒绝令斯嘉丽恼羞成怒,她一怒之下砸碎了瓷器。这一砸,吸引了一个名叫瑞特·巴特勒的浪子的注意,他缓缓从沙发上站了起来——其实,他一直在偷听。

瑞特·巴特勒是一个声名狼藉的浪子,正经姑娘都对他避之不及。然而,作者的高明之处在于她并没有直接推进两个人的关系,而是开始着重描写南北战争,让小人物消失在大环境里。受到愤怒的驱使,斯嘉丽匆匆进入了一段婚姻,她接受了玫兰妮的弟弟查尔斯的求婚。也就是说,斯嘉丽嫁给了她情敌的弟弟。

我想很多恋爱脑的女孩子都是这个样子,一旦爱了,就会奋不顾身,一旦恨了,就会咬牙切齿。但谁说这样的青春不美好呢?

婚后,查尔斯和阿希礼都投身战场为国家效力。然而,命运却对斯嘉丽开了个天大的玩笑。战争刚开始不到两个月,查尔斯就在战场上死于肺炎,斯嘉丽成了寡妇,并带着一个孩子。那时的美国是一个保守的国家,因为家人离世,她必须放弃所有的社交活动,只能日日穿着阴森的黑衣,约束自己的言谈举止。

直到此刻,斯嘉丽才开始后悔当初鲁莽轻率的决定。她与查尔斯之间本没有爱情,这段婚姻只是为了报复阿希礼。然而,一切都已经太迟了。人总要为自己青春时的愚昧付出代价。

有一天晚上,我收到一位读者的微信,她问我什么时候应该选择结婚。我想了很久,最终回复她一句话:不要关注时间,而要关注人。女孩子一定要为了爱情而结婚,而不是为了年龄、责任、愤怒或激情,为了这些最终都会后悔的。

正当斯嘉丽整日愁眉不展时,查尔斯的姑妈写信邀请她前往亚特兰大陪伴自己和玫兰妮。尽管斯嘉丽打心眼里厌恶玫兰妮,但一想到能得知阿希礼的消息,她还是决定前往。没想到,到了亚特兰大,她和玫兰妮的关系竟处得异常好。玫兰妮是个善良的人,内向、淳朴、真实,她的影响力不仅局限于斯嘉丽,还波及了周围的每个人,因此,小说里的人都喜欢她。

与之相反,斯嘉丽刁钻、任性、古怪、坚强,但有趣的是,两个人竟然成为很好的朋友。

优秀的小说家总能做到这一点,他们永远记得你已经忘记的事情。消失了很久的巴特勒在南北战争期间成了穿越封锁线、大发战争财的商人,两人再次相遇。斯嘉丽一身寡妇打扮,看着义卖会上其他太太小姐裙裾飞舞、衣着鲜亮,她很眼馋,这被巴特勒撞个正着。巴特勒洞悉斯嘉丽的心事,出言讥讽，正当斯嘉丽气愤万分时，巴特勒又捐了150块金元邀请斯嘉丽共舞一曲，全场哗然。一个声名狼藉的商人邀请一位寡妇跳舞已经是招摇过市的行为了，而斯嘉丽居然回答"我愿意"。

读者读到这里往往不太能理解这句话的分量。在南方保守风俗的浸染下，作为一个年轻的寡妇，斯嘉丽本应该待在家中，抛头露面已属大逆不道，更不用说和一个声名狼藉的人共舞。但我想这就是斯嘉丽的魅力，她活得自由自在，随心所欲，像风一样吹到天地边缘。一个姑娘若活得不那么谨慎，生活也就不容易变得紧张。

1864年，亚特兰大遭到北方军队三面围困，成了孤岛。大量受伤的邦联士兵涌入城内，城市一片混乱。在危难时刻，斯嘉丽的勇气战胜了恐惧，她镇静地帮助玫兰妮生下了孩子。当她感到无助时，第一反应是派仆人去向巴特勒求助。尽管斯嘉丽常常看巴特勒不顺眼，但在不知不觉间，她已经开始依赖他了。

这也标志着斯嘉丽步入中年，因为中年的爱往往不是激情，而是依赖。她内心丢掉了阿希礼，靠住了巴特勒。

在护送斯嘉丽返回塔拉庄园的途中，巴特勒突然改变心意，决定返回邦联军队参军。尽管他平时看起来玩世不恭，尽管他早已意识到这场战争必将以南方的失败告终，尽管他从生意人的角度明白历史潮流不可逆转，但作为一个南方人，他必须在南方最困难的时刻贡献自己的忠诚。

巴特勒的选择很奇怪，但后来仔细思考也能理解，这种兼具反叛和忠诚的选择，刚好塑造了他的性格。

没有了巴特勒，斯嘉丽再次陷入了孤立无援的绝境，冒着枪林弹雨冲过北军封锁，终于回到了家乡。此时，母亲患伤寒病去世，父亲神志不清，两个妹妹也身染伤寒昏迷不醒，所有的黑奴除了黑妈妈和波克之外，都被解放了。北方人烧毁了所有的棉花，抢走了所有的食物和财物，此刻的塔拉庄园可谓一穷二白，再也不是当初富饶美丽的大庄园了。

在阅读小说时，我发现黑妈妈还在庄园里，觉得这是典型的政治不正确，一个黑人怎么可以不被解放呢？但这才是真实的生活，既有残酷和罪恶，也有情义。

斯嘉丽对天发誓，一定要振兴塔拉庄园，再也不想尝挨饿的滋味。这一刻，一个女孩成长为了一个女人。女孩往往都是从发誓做什么开始成为女人的。因为发誓代表着一种生活状态的期待，一种强烈的期待和需求，这样的期待和需求造就了成长。

战争终于结束，一切都在变得越来越好，小说上册中设置的最后一个悬念是：阿希礼回来了。但他回来后，一切都不一样了。战争结束后，庄园和斯嘉丽最大的痛苦只有一个：穷。

有一天，斯嘉丽突然得知，塔拉庄园必须重新缴纳一笔高达300美元的税金，不然庄园就会被充公拍卖。于是，她穿着用母亲的天鹅绒帘子改成的衣服去找巴特勒，决心不仅要得到这笔税金，还要哄骗巴特勒和她结婚。

小时候读到这段时，觉得价值观有些扭曲，但后来明白，活下来才是最重要的。人只有先活下来，才能去谈梦想。

而此时，阿希礼只能暗暗自责，因为他什么也做不了，他也明白是自己把斯嘉丽逼上了这一步。他知道斯嘉丽与自己不同，她正视生活，用自己刚强的意志去主宰生活。阿希礼虽然从战争中毫发无损地归来，然而他的精神世界已经崩塌，他曾经引以为傲的"old money"身份到头来什么也不是。他深知战前南方那如希腊雕塑般匀称的生活已经被打碎，自己无法融入战后的新生活，注定要被淘汰。

我曾经写过一个故事，叫《为什么你成长后，女神就不是女神了》。其实，男神也是如此。随着你的成长，他们变得不再完美，你会发现你曾经追求的，其实只是一个更好的自己。

斯嘉丽来到亚特兰大，发现巴特勒因为涉嫌侵吞南方邦联的大笔资金被抓进了监狱。她正绝望的时候，看见了妹妹的男朋友弗兰克，她知道弗兰克是眼下唯一的救命稻草，于是她"抢走了"妹妹的男友，她发誓说只要不再挨饿，让她去杀人都可以。

"什么名声？见鬼去吧！"

这是多么绝望的呐喊，又是多么充满希望的决策。

斯嘉丽很快接手了弗兰克的生意，同时还向巴特勒贷款买下了锯木厂，并且央求阿希礼前来帮忙打理锯木厂。这人脉整合能力，的确值得每个人学习。

不久，斯嘉丽为弗兰克生下了一个女儿，但家庭和孩子并不能阻碍斯嘉丽的野心：她依然专心致志地经营锯木厂，并经常独自驾着马车穿过危险的黑人贫民区，尽管身边的人多次劝告，但斯嘉丽仗着身上有手枪防身，仍然一意孤行。

她为了生活已经豁出去了。但谁不是呢？

终于有一天傍晚，斯嘉丽在独自驾车的路上被两个暴徒袭击了，多亏昔日塔拉庄园里的黑奴搭救才捡回一条命。但这起事件却产生了一系列蝴蝶效应：弗兰克为了替妻子报仇，带着阿希礼和三K党（一个奉行白人至上主义的团体）扫荡贫民区，在激烈的交火中，阿希礼负伤，弗兰克身亡。多亏了巴特勒的掩护，阿希礼等参与扫荡的南方人才逃脱了当局的逮捕。

弗兰克的意外身亡令斯嘉丽再次守寡。借酒浇愁之际，巴特勒前来拜访，终于向斯嘉丽求婚。斯嘉丽正在摇摆不定时，巴特勒那激情四射的热吻终于一锤定音，打开了斯嘉丽的心锁。

她无暇伤心，因为她要拥抱新生活。

随着女儿美蓝的降生，巴特勒将全部心思都放在了她身上，将美蓝捧为掌上明珠，希望将她培养成南方的淑女，因为他觉得这是第一个完整属于自己的人。

但横在他们之间的最大矛盾还是阿希礼。这也是小说最后的矛盾。

阿希礼生日那天，玫兰妮瞒着阿希礼为他准备了一个生日派对，斯嘉丽奉命前往锯木厂拖住阿希礼。这一下，两人独处了，他们不免回忆起往昔的美好时光，说到动情之处，斯嘉丽眼眶含泪，阿希礼不由紧紧抱住了她。

恰在此时，这一幕被阿希礼的妹妹撞见。这大嘴把斯嘉丽与阿希礼的流言瞬间传遍了全城。当然，也传到了巴特勒的耳朵里，刺伤了巴特勒的心。第二天巴特勒毅然带着美蓝离开了亚特兰大，没过多久，斯嘉丽才发现自己竟然开始思念起巴特勒，她才意识到自己应该是爱上了这个人。她也发现，自己又怀孕了。

两人久别重逢之后迎来的不是冰释前嫌，而是斯嘉丽的意外流产，巴特勒异常后悔。还未等两人重修旧好，更大的悲剧发生了：他们之间唯一的纽带小美蓝在骑马跳栏时意外坠马而亡。

绳子总从细处断，命运总挑苦命人。

从此巴特勒仿佛变了一个人，整日愁眉苦脸，邋里邋遢，像是被抽掉了胫骨。而命运也没有打算就此放过斯嘉丽，她生命中最后一个重要的人也离开了她——玫兰妮。这其实就是青春的逝去。

所谓青春的逝去，就是一个个熟悉的人缓缓离开。我之前跟肖央聊天，他说，迈克尔·杰克逊的死去，代表着他们80后青春的逝去，科比的离开，代表着90后青春的逝去。

在葬礼上，斯嘉丽终于认清了阿希礼的虚弱本质——阿希礼只是自己虚构的一尊偶像，她爱上的只是自己幻想中的那段爱情，而非阿希礼本人。长期以来给她厚实肩膀依靠的男人是瑞特·巴特勒。尽管斯嘉丽顿悟了自己真正的心意，可巴特勒认定玫兰妮一死，斯嘉丽就可以正大光明地和阿希礼在一起了。他决定离开。

于是才有了小说最后一幕：

"那么——那么你是说我已经毁灭了你所有的爱——你已经不爱我了？"

"是的。"

"可是，"她仍然固执地说着，就像个孩子，以为只要说出自己的愿望就能如愿以偿,"可是我爱你!"

"那就是你的不幸了。"

"不,"她大声说,"我不明白。我只知道你已经不再爱我了,你要走了!哦,亲爱的,如果你走了,那我怎么办?"

他犹豫了一会儿,仿佛在心里盘算着是对她善意地说个谎好呢,还是实话实说好。最后他耸了耸肩。

他快速地吸了口气,轻松而柔和地说:

"我才不在乎呢,亲爱的。"

我喜欢这本书的原因可能就是这样简单粗暴:斯嘉丽足够能扛,足够能打。因为就算是遭到这样的暴击,她还是在最后说了这么一句话:

"等明天回到塔拉庄园再考虑这一切吧。到那时候我就能够忍受了。我明天会想出办法来重新得到他的。不管怎么说,明天是新的一天了。"

其实这也是我时常跟我的读者说的,无论遇到什么,不用太担心,明天总会是新的一天。

新的一天也会有新的故事,但无论多么曲折,明天总会是新的一天。

《不能承受的生命之轻》
你愿意过怎样的人生？

我曾经斗胆在读书会里讲了一遍《不能承受的生命之轻》，学生们都很震惊，心想，你胆子可真大，能读懂吗？但我是真的喜欢这本书，尤其是其中蕴含的哲学思考，给了我很大的启发。

这本书之所以备受追捧，不是因为文字好懂，也不是因为作者昆德拉有多出名，而是因为书中大量的黄色描写，引发了人们对内容的极度好奇。

米兰·昆德拉，生于1929年的捷克斯洛伐克，成长于一个深受艺术熏陶的家庭。他的父亲是一位著名的钢琴家及音乐理论家，也曾经担任音乐学院的院长。这样的家庭环境让昆德拉在创作时，倾向于使用音乐形式来构建小说结构，他的作品因此充满了音乐性。昆德拉的这部小说正是遵循了这种风格，它如同一首古典音乐中的四重奏，巧妙地通过四个主要人物——萨比娜、托马斯、特丽莎和弗朗茨的生活，展开各自独立又相互交织的故事章节。他们的人生轨迹如同一首交错的旋律，各自独奏，又和谐统一，共同完成了一段生命的旅程。

那么，生命中的"不能承受之轻"究竟是什么呢？我想，或许我们并不理解，但我们在生活中一定有所体验。请听我慢慢讲来。

很多人读这本书，都遇到一个问题：开头太难读了。作品开头就引用了尼采的永恒轮回理论，如果这个理论成真，那么我们每一个行动都将在未来被无限次地重复。在这个永恒轮回的世界里，每一个举动都变得极其重要，因为它们将对自己、他人和世界产生不可逆转的影响。这种沉重的责任是任何人都无法承受的。如果生命只有一次，没有轮回，那么生命的终结意味着永恒的消逝，没有反转。在这样的情况下，只发生一次的事情就显得毫无意义。

那么历史事件呢？如果历史事件都失去了意义，那么人所做的任何决定还有意义吗？生命本身还有意义吗？这就是生命中的"不能承受之轻"。

如果每一个决定、每一件事情，都是注定发生的，都看似毫无意义、轻如鸿毛，那么这些事情的堆积可能就变得沉重。比如有一天下午,你在某条街道上遇到了一个女生。这件事看似微不足道,但你们的相遇可能会演变成相识、约会、恋爱……最终结婚、生子,甚至孩子长大成为改变世界的人。这时,你会发现,之前那个看似轻盈的决定,实际上已经变得沉重起来。那个下午,你为什么选择了这条街道,而不是另一条?为什么遇到了这个女生,而不是另一个?

我经常会拿学习与生活作比较。你可能觉得做了一件特别简单的事情,比如睡懒觉,不写作业,过得很轻松,但到最后,它可能导致你高考失利,没考上研究生……这个简单的事情可能变得十分沉重。简单来说,如果你每天的生活都很轻松,那么未来可能会变得沉重,但如果你的生活每天都很充实,那么未来可能就不会那么沉重了。

1948年,19岁的米兰·昆德拉考入了布拉格查理大学的哲学系,并加入了捷克共产党。到了1967年,昆德拉的首部长篇小说《玩笑》问世,并迅速在世界范围内赢得了声誉。1968年,捷克斯洛伐克共产党中央第一书记杜布切克发起了著名的"布拉格之春"改革,试图在捷克斯洛伐克实现社会主义的人道主义面貌。然而,这场改革引来苏联的强烈反对。

1968年8月20日,苏联出动三个集团军,在短短6小时内占领了捷克斯洛伐克全境,逮捕了杜布切克等领导人,导致"布拉格之春"改革惨遭镇压。这场政变对昆德拉个人而言影响深远：他公开支持改革，使得他的作品在捷克斯洛伐克国内成了禁书。昆德拉刚刚建立起来的文学声誉，因政治风波而变成了他的负担。他所有的书都被禁了。

然而，在整个欧洲的舞台上，这次军事行动并没有像他所想的那样具有沉重的意义。相反，它显得轻飘飘的，有些同学可能都不知道这一事件。对其他国家而言，这次行动轻得几乎没有太多的反应。

这是他第一次意识到，原来对他和对这个国家来说如此重要的事情，在历史的舞台上其实很轻，轻得让他无法承受。

如果我们将生命类比为历史事件，你会发现生命也是如此。虽然生活中的许多事情看起来毫无意义，但对于我们来说，生命只有一次，这就是我们无法承受的生命之轻。

随着时间的推移，再重要的历史事件，比如法国大革命，都会逐渐变得轻飘飘的，因为它们只发生了一次，在人们的生命中逐渐变成文字、理论和回忆。那么，"布拉格之春"在历史上真的重要吗？更何况是我们的生命呢？曾经我们或许以为自己像赵云、张飞一样英勇无畏，但后来才发现自己可能只是那个"仅一回合就被斩于马下"的普通人。

正是这种轻与重的对比，让米兰·昆德拉完成了这本书。

在这个前提下,我们读小说时会发现,其中的人物都陷入了这场轻与重的困境。这本书很难读,因为缺乏强烈的故事性,但我们今天试着厘清其中的故事。

故事的主人公托马斯是一个技艺精湛的外科医生,他对爱情的观念特别诡异,用现在的话说就是大渣男,既渴望女人又畏惧女人,因此发展出一套外遇守则:灵肉分离。对他来说,肉体的欲望是非常轻的,但爱情和婚姻却是沉重的,因为它们意味着日常性的轮回。每天早上都要在同一个身体旁边醒来,每天晚上要和她共眠,他无法接受这一点。这种轮回让他痛苦。

但是,直到有一天他爱上一个餐厅的女侍特丽莎,他的原则被打破了,他竟然娶了她。尽管两人结了婚,但托马斯的灵肉分离观念依然存在,他依然游移在情妇之间,这对特丽莎的伤害是巨大的。特丽莎经常在梦魇中惊醒,在痛苦和泪水中度过每一天,猜忌和怀疑几乎将她击垮。

特丽莎的痛苦在与托马斯同居后愈发加剧。她深知托马斯难以保持忠诚,仍与以前的情妇保持联系,但却无法改变这一现状。托马斯难以理解特丽莎的嫉妒,因为他认定自己的爱情和性关系是两回事,只要他的内心忠于特丽莎,一次外遇就和一场普通的足球赛一样,每天都可以有。然而,特丽莎的痛苦却深深折磨着他,导致他也开始崩溃。每当他出门见情妇时，内疚感便立刻使他失去了欲望；而一天没有见情人，他又急切地希望尽快安排。你看他多么像网上形容的渣男，但如果你仅仅用渣男去评价这种人，可能就无法深入理解人性。

回到故事，特丽莎面对陌生环境的不安和丈夫的背叛，感到生活毫无希望和变化，于是决定回到故乡。她的离开让托马斯感受到了生命之轻，起初他以为自己终于可以自由了，但很快意识到自己对特丽莎的同情之情难以承受，于是不得不返回他们在布拉格的家中。

两人没办法忍受分手的轻，在一起又承受着无边无际的重，如何是好？这种困境多么像许多爱情，明明无法结婚却分不开，因为分开太痛苦，但又无法走到最后。他们意识到在一起是快乐的，尽管是一种折磨的快乐，像许多夫妻一样，尽管无法忍受对方，但至少在一起还是幸福的。这种幸福很拧巴，却更为真实。重逢后，他感到自己戴上了责任的枷锁，同情心也消失了，感受到的只有胃疼和绝望。

没过多久，托马斯因为政治原因被医院开除了。为了谋生，他不得不去当擦窗子的工人，然而这份走南闯北的工作给他带来了更多艳遇的机会，他和特丽莎的关系也变得更加紧张。托马斯无法停下来，特丽莎也不愿意再继续这样的循环。当特丽莎对布拉格这座城市彻底失望，提出去农村生活时，他们终于达成了一致。去农村意味着断绝之前的一切社会关系，远离现实和政治，只有他们两个人。然而，他们并没有迎来美好的结局。在这种相爱相杀的状态中，在一场雨天的车祸中，因为刹车失灵，他们双双丧生。

他们的故事很讽刺，所以，生命到底是轻还是重，这里提出了疑问。

我们往回讲这个故事，托马斯的情妇萨比娜成了一个有意义的角色。一次他们偷情时，托马斯心事重重地频频看手表。事后，他发现自己找不到袜子。萨比娜笑着提议借给他一只女用袜子，这实际上是对他的一种惩罚。萨比娜是一位画家，她活得轻盈，也因为活得轻盈，所以谁都背叛，背叛是她生活的主题。她不愿承担责任，也不喜欢忠诚或大众认为正确的行为。然而，这种轻盈与持续的背叛让她的人生陷入虚无。她像一只鸟，飞在天空，却忘记带自己的灵魂。苏联军队入侵后，她几乎毫不迟疑地离开布拉格到了瑞士。她对国家毫无责任感。弗兰兹说想和她结婚，她转头就走，对爱人也毫无责任感。总之，她对世界没有任何责任感，她无法承受生命的重，她只能忍受那不堪承受的生命之轻。

萨比娜抵达瑞士后，与一个名叫弗朗茨的新情人相遇。弗朗茨是一位成功的学者，但他并不满足于只是一名老师，他渴望飞向更高的天空。然而，他的生活负担沉重，身上承担了各种责任，就像许多中国父亲一样，肩负着沉重的担子。

不幸的是，他遇到了萨比娜。弗朗茨喜欢给一切赋予意义，他相信一切事情都有意义。然而，一旦开始思考每件事情的意义，生命就变得沉重起来。而萨比娜却喜欢轻盈的生活，这导致两人之间充满了矛盾。

比如，弗朗茨爱上了萨比娜，因为他渴望冒险和浪漫，他认为爱一个人就是要极致，不惜一切。他甚至向家中的妻子坦白了婚外情，希望能取悦萨比娜，但萨比娜无法忍受这样的沉重。她觉得自己成了一个她毫不在乎的女人的情敌，也不想与弗朗茨结婚或有过于沉重的关系。于是，她在一夜之间搬离了日内瓦，前往巴黎。萨比娜从不承担责任，也不愿受到任何束缚。

萨比娜的人生充满了离弃与背叛，她发现美的世界是一个被抛弃的世界，所有人都喜欢的东西实际上是庸俗的。她背叛了亲人、伴侣、爱情和故乡，但是一切都不复存在时，她发现自己最终背叛的是自己。她深刻地感受到了人生意义的虚空，以及不可承受的生命之轻。

弗朗茨失去了萨比娜，家庭也陷入混乱。他无法留在这座城市，于是决定寻找更加崇高、更有意义的人生目标。他一生都在寻找生命的重量。听说越南和柬埔寨正在爆发战争,他参加了一个请愿团,前往柬埔寨边境。请愿团的成员包括医生、知识分子、记者和明星,他们都在寻找这次行动的意义。然而,在一次抢劫中,弗朗茨因试图展现自己的勇气而发起抵抗,遭受重创,最终不幸身亡。这或许正是米兰·昆德拉想要表达的:一个不断追求生命之重的人,最终被沉重压垮。在这个四重奏组合里,最终活下来的只有萨比娜,然而,尽管她活着,却陷入了无根的漂泊之中,沉浸在无法承受的生命之轻中。

借网上的一段论述:

"在米兰·昆德拉看来,人生是一种痛苦,这种痛苦来自人们对生活目标的错误选择,对生命价值的错误判断,世人都在为自己的目标而孜孜追求,殊不知,目标本身就是一种空虚。生命因"追求"而变得庸俗,人类成了被"追求"所役使的奴隶,在"追求"的名义下,我们不论是放浪形骸,还是循规蹈矩,最终只是无休止地重复前人。因此,人类的历史最终将只剩下两个字——'媚俗'"。

这段文字触及了小说的核心主题,就是反对"媚俗",那么究竟什么是"媚俗"呢?我们习以为常的事物并不一定如他所描述的那样。如果我们相信了这一观点,就会走上"媚俗"的道路。书里举了一个例子。一个美国参议员看着孩子在草坪上奔跑,以为这就是幸福。但在昆德拉看来,这是媚俗。孩子奔跑就是幸福吗？这种推断源自何处？参议员之所以这样说，是因为他受到了宣传和推广的影响，被告知孩子奔跑代表幸福。这种盲目的推断导致了媚俗，感情的盲目战胜了理智，媚俗因此产生。

昆德拉认为，媚俗的特点是平庸，并且会使你的感情升温。这也解释了他的小说为何不那么煽情。我曾在一个聚会上询问过大诗人欧阳江河老师，他表示特别讨厌抒情的诗歌。我问他为何如此，他说，因为太多人的抒情是虚假的。

我开始理解了，昆德拉为何反对媚俗，因为没有逻辑的媚俗抒情实际上是思维的懒惰。懒惰的思维会追求确定的意义，以此来为自己的人生增添重量。就像小说中的弗朗茨，他从未独立思考过，只是追求那些确定的意义——爱一个人就要舍弃一切，失去一切就要远走他乡。他们借助这些意义来获得崇高感，沉浸在自我感动和催眠之中。我想起很多年轻人，在职场受挫后，第一时间会选择去西藏或丽江，但过了一段时间，又回到了北上广。这也许正是媚俗的结果，媚俗将他们带到了今天这个地步。

回到这本小说里的媚俗，托马斯和特丽莎从未停止对自己内心的思考，他们一次次打破常规，不屈从于已有的媚俗解释，因此他们在现实中焦灼痛苦。不媚俗，可能就会与世界格格不入，最后死在了路上。

再看看萨比娜，她拒绝在别人设定好的固定意义中生活，不停背叛，毅然放弃了讨好媚俗的行为，选择成为一名艺术家。尽管她的生活中只有无法承受的轻，但至少她不必为他人而活。毕竟，萨特曾说过："他人即地狱。"

然而，你能说他们的一生是错误的吗？其实，我们主观地讨论一个人应该如何生活，难道不也是一种媚俗吗？

说回这本小说，许多人批评它，因为它似乎并非一部传统的小说，故事情节也并不完整。然而，昆德拉却说，相对于描写人物的外貌、衣着和动作，他更在意的是构建他们的思想。他曾说，复杂性才是小说的灵魂。

事实上，现在看来，这种论述似乎正在打破某些东西，重构某些东西，至少它不让媚俗侵入小说的领域。

昆德拉认为，小说首先是认识世界的工具，而不是为了给读者提供快乐和情感共鸣而存在的娱乐品。这一观点已经超越了很多为了将作品改编成电影而写作的作者。昆德拉认为，在小说中，理性应当高于感情，因为感情是危险而天真的，稍有不慎就会沦为媚俗。

然而，问题又出现了，难道媚俗就一定是错的吗？单纯地批判媚俗，难道不也是一种媚俗吗？

我感觉，我已经写得够深了。但这就是我对这个故事的理解。读完米兰·昆德拉的小说后，或许并没有得到答案，反而带来了更多问题。我想，这也正是这本书给我们带来的思考。我没有答案，希望你可以有属于自己的答案。至于重和轻，你应该也有自己的选择。

《悉达多》

> 你所知道的，只是你的衣服。

我书架上的一本书给了我无数启发，没有它，我没有勇气经历这么多事情。我发现，我们知道的道理再多，也不如自己经历一遍理解得透彻。就像老师告诉你不要早恋，只有真正经历了早恋，看到自己学习成绩下降、高考几乎没考上的局面，你才会明白早恋的确不那么值得。同样地，只有真正体验了失败、失望、失落，你才会真正理解这些词的含义。再者，我们经常谈论死亡，也许死亡是生命最终的形式，但是谁能真正理解它呢？也许只有亲身经历过的人才能真正明白死亡的含义。

这次要讲的这本书叫《悉达多》，讲的是佛教创始人释迦牟尼的故事。黑塞非常巧妙地把释迦牟尼变成两个人，一个叫悉达多，另外一个叫乔文达，用诗篇的形式，讲述了一个有意思的故事。

黑塞是德国人，后来移民到瑞士，因为他强烈反对德国的军国主义，所以写了许多文章来批判。他7岁就开始写诗。我写这篇文章时是2022年，也是黑塞逝世60周年。我记得我第一次读《悉达多》是在一个晚上，不知为何拿起了这本书，两个小时就读完了。我感觉我读懂了每个人的一生。我也明白了一件事：智慧无法分享，但它可以被体验。

如今盛行知识付费，但你会发现，知识可以传授，但智慧很难传授。你必须阅读大量书籍，经历种种事情，才能使智慧从你的骨肉里长出来。衣服可以更换，但骨肉相随一生。

这就是我经常说的：你所知道的只是你的衣服，你所经历的才是你的血肉。

《悉达多》的故事分为三个阶段，正如我们的人生经历：第一个阶段，看山是山，看水是水；第二个阶段，看山不是山，看水不是水；第三个阶段，看山还是山，看水还是水。

悉达多成长在一个富裕的家庭里，英俊潇洒，受人爱戴。年轻的他过着幸福的生活，直到开始思考自己是谁。他不再满足于物质生活的富足，开始追问自己存在的意义，寻找真实的自我。他提出一系列问题：创造世界的是否是神？我在这个世界上有何意义？如何找到真正的阿特曼（印度佛教中"自我"的意思）？如何实现自我？……于是，他投身禅修，苦行打坐，追求悟道。他的好友乔文达与他一同思考未来。悉达多原以为人生已经确定，直到听闻乔达摩在讲道。他们变成了苦修的沙门，聆听乔达摩的教诲，深受感动，乔文达选择皈依佛陀，而悉达多选择了另一条路：离开乔文达，独自寻求真理。

悉达多发现佛陀的法义完美无缺，但它是佛陀通过一生的探索和追求，得道开悟而来的。"但是我并不是您，那是您的生活，而我需要追求我的求道之路。"是啊，你经历的是你的事情，而我需要经历的是我的血肉。或许最终结论相同，但我需要自己走过。因此，我要抛开所有圣贤的说教，告别所有的法义，独自经历，寻找自己的答案。或许我会失败、会幻灭、会绝望，但我不后悔。

我每次读到这里，都觉得这段描写太好了。

这不就是我们的人生吗？父母师长们就算把嘴皮说破，如果我们自己不经历一遍，到头来还是纸上谈兵。悉达多走了，他从思考自我，到觉弃自我，再到回归探索自我，从"看山是山"慢慢变成了"看山不是山"。

我经常听到我们的小伙伴说要做自己，什么叫做自己？其实就是不被道义所左右，真正去思考自己到底是谁。只有知道的东西更多，才能更好地理解自己。

悉达多过了条河，进了城。他遇到了名妓加摩拉，起初，他的求爱被嘲笑了。加摩拉说他是个沙门，太不合适了，他得腰缠万贯，得穿上名贵的"阿玛尼""普拉达"，开着"宝马"带上礼物来见她才行。她介绍了一个名叫伽摩施瓦弥的富商给悉达多。悉达多跟着他学做生意，出人意料地，悉达多聪明又博学，而且是富过的人，他一点就通，在世俗生活中一帆风顺。

他意识到世俗生活就像一场游戏，只要你知道规则，就不必太过在意。就这样，悉达多很快赚到了钱，让加摩拉开心，两个人在一起了。他对财富和爱欲原本没有热情，但加摩拉却教会了他爱欲的一切，富商教会了他赚钱的奥秘。所以他经常索求无度，沉迷情欲。他掌握了爱欲的技巧，却并不了解爱的本质。他赚了很多钱，但内心依旧空虚。这个阶段的悉达多，沉浸于现实的社会，生活里面只有金钱、性爱和欲望，没有劳作，没有修行，只有享乐。

我在读商学院的时候，经常看到班上的男同学，头发几乎没剩多少，整天拿着手机盯着股票涨跌，一旦看到股票下跌，就忍不住伸手抓脑袋上那所剩不多的头发，这总会让我想起悉达多这个阶段。不过，谁的成长不经历这个阶段呢？

好在悉达多有一颗出家人的灵魂，他骨子里还是信奉乔达摩的。他是个生活的旁观者，他没有忘记佛陀跟他说的话，他跟加摩拉说，世界上大多数人都像落叶在风中飘摇，最后归于尘土，而极少数人像天边的星沿着内心的律法和轨道运行，没有风可以动摇他。

他说：我就认识这样一位功德圆满的觉醒者，他就是世尊乔达摩。每天有上千人听他讲法，这些信徒却如同落叶，内心没有自己的教义和律法。

但是加摩拉听吗？当然不。人在幸福着并拥有一切的时候，是不会想到信仰的。人只有在绝望的时候，才会想到那些看不见的东西。

随着时光流逝，悉达多变得像一片落叶。他彻夜狂欢、酗酒、赌博，终日跟舞女寻欢作乐，逐渐忘记了自己是谁。他变成了自己曾经最讨厌的样子。在写《朝前》的时候，我就觉得陈朝钱和我自己很像，我也曾经有一段时间变成了自己最讨厌的样子，似乎赚了点钱，但因为利益驱动，做了许多不符合内心意愿的事情。有一天我起床，照镜子看到自己，脸上写满了贪欲，一肚子的肥肉，以及对生活的厌倦。但人总会有觉醒的时候，那时就会明白世俗的游戏必须结束了。

一天夜晚，悉达多离开加摩拉出了城。可是没有想到，加摩拉怀了悉达多的孩子。被抛弃的痛苦让她想到悉达多曾经说过的世尊乔达摩，她皈依了佛门。

我经常建议，在人生低谷时去阅读文学作品。即使生活陷入困境,文学也能成为你的支撑。

回到悉达多的故事,他一边痛恨自己的罪孽,一边又茫然无措,于是,他来到了熟悉的河边,在那里睡着了。很快,悉达多对那条河产生了眷恋,觉得它能带给他内心的宁静,于是决定留在河边生活。当年他离开佛陀踏入俗世的起点也是这条河。当时摆渡他的船夫告诉他,要倾听河流的声音,因为大自然总会有智慧的声音,能给予人一些不同的启示。有趣的是,悉达多20多年后再次遇到了这个船夫,他身无分文,但这位船夫却认出了他。悉达多向船夫述说了20多年的经历,深夜里,船夫认真倾听,没有做出任何评判。这位船夫名叫瓦苏迪瓦,像金庸先生笔下的扫地僧,身怀绝世武艺,却默默无闻。

小说的结尾,悉达多历经世间沧桑,最终得道。故事又回到了乔文达身上,他已垂垂老矣,一生遵循教育,受人敬重,却没有悟道。一个从小到大都是好学生,听很多人的话,却从未有过真实经历的人,怎么可能悟道呢?他听说河边有一个船夫,是个圣贤,叫瓦苏迪瓦,他去找寻拜访,却意外地遇到了年迈的悉达多,但乔文达未能认出自己的朋友,因为悉达多已经变成了一个衣衫褴褛的陌生人。

我们有没有想过,很多人都像乔文达一样,必须穿上一身衣服才能被别人认出来,他们不知道也不在乎你的灵魂深处是什么，你的身价和身份才是关键。乔文达听悉达多讲完他一生的冒险经历，就问了一个问题："你这么多年有没有自己的学说？"

悉达多圆寂之前，认为佛陀的伟大并不在于他的法义，而在于他的生命和经历。实际上，每个人的法义（生命真知）都蕴藏在自己的生命和经历中，你就是你所经历的一切的总和。乔文达希望悉达多再讲几句话，帮助他悟道，但悉达多只是让乔文达亲吻自己的额头。那一刻，奇迹发生了。乔文达看到了悉达多悟道时的一切，顿悟了。

原来，所有的道都不是讲出来的，而是感受到的。乔文达看到了众生组成的河流，看到了万物，看到了六道轮回，看到了佛祖，看到了前世今生、爱恨纠缠，看到了生死、毁灭和重生。这一切都蕴藏在悉达多的脸上。书里讲，那是一张将成者、存在者和过往者的脸。悉达多的微笑，正是乔达摩的微笑，一个悟道者的微笑。

我曾经在网上搜索《悉达多》的书评，其中最有感触的一句话就是：有没有人在读完这本书之后感觉整个人都打开了？我有这种感觉，甚至觉得自己读晚了。但至少现在，我不再惧怕遇到的挫折，看到的痛苦，见证过的苦难，因为我知道，老天让我经历的，一定是我能扛得过去的，否则，它就不会让我经历。每一件事情，都会有自己的意义。

《第二性》
你可以成为任何可能的模样。

我的一个女学生,在网上对男人发表了激烈的言论。而且只要有男女矛盾的地方,她总是站在女性的立场上。我问她为什么这样做,她说她是个女权主义者。

我想,她可能误解了。

提到女权,很多人会想起男性的压迫,但其实不是,女权主义更好的翻译应该是女性主义。女性主义追求的并不是谁高谁低,而是女性跟男性的平等。说到这个话题,就不得不提到一本书——《第二性》。作者是大名鼎鼎的作家、思想家波伏娃。波伏娃19岁那一年,在家里发表了一项"独立宣言",宣称:"我绝不让我的生命屈从于他人的意志。"她的父母听后大为震惊,不知道谁教她的。1929年,21岁的波伏娃参加哲学考试,在整个哲学系中获得第二名,第一名是后来对她产生重大影响的人物：让－保罗·萨特。

萨特跟波伏娃很快陷入了爱情。但是他们认为人是绝对自由的，不应该受到习俗、制度的约束。两个人不相信婚姻制度，认为会剥夺他们的自由，于是他们俩签订了一个奇特的爱情契约。他们成为彼此的伴侣，但是永不结婚。他们的关系是开放的，允许彼此与其他人发展更亲密的关系，但必须坦诚相待，不得隐瞒。也就是说，如果爱上别人，要第一时间告诉对方。合约期限为两年，每两年必须重新签订合同，决定是否继续伴侣关系。这听起来是极不靠谱的一件事儿，但结果这份契约延续了整整51年。从萨特24岁一直延续到他75岁去世。据说，他去世时，波伏娃正准备与他续约。得知萨特去世的消息，波伏娃痛不欲生，为了纪念萨特，波伏娃出版了自己最后一部著作《告别的仪式》。书里描述的是萨特最后10年两个人相依为命的和谐生活。当然，我们今天不探讨他们的晚年，大多数的小伙伴可能跟我一样，还在青春年少的日子里。

1949年，波伏娃41岁，她出版了分成上下两册的巨著《第二性》。在这两册书里，她对女权斗争作了形式化和理论化的论述，这本书改变了全世界亿万人的命运，尤其是女性的命运。她为全世界的妇女打开了一扇门。可是，这本书使她遭受最恶毒的攻击，人们用诸如"性贪婪""性冷漠""淫妇""女同性恋者"等词语攻击她。直到她晚年，甚至是在她去世之后，这种恶意攻击仍然不断。

有时候我会想，为什么只有她能写出《第二性》。原因很简单，首先，她的思想足够开放。其次，有个细节之前没提到，就是萨特跟她签完那个"爱情合约"之后，又跟她签了第二份合约，叫《三人行》，允许萨特带任意一个女生和她见面。波伏娃在这样的痛苦里无能为力，只能在痛苦中去思考应该怎么办。

当然，我并不是要八卦他们的私生活，我只是谈论今天的主题。

《第二性》已经出版了70多年，但其中很多观念仍然具有重要意义。比如波伏娃说，从历史角度来看，男性跟女性从来没有平等过。因为从生理角度，男性比女性更强壮。所以从基因层面上，男性一直压制着女性，导致女性一代又一代地将"妩媚""漂亮""温柔""贤惠"等词语作为自己生命进化的方向。在这种情况下，男性和女性之间的关系变得越来越不平等。最终，重要的职位和资源几乎都掌握在男性手中。

我们经常听到一些人说女博士、女作家、女企业家，但很少听到有人说男博士、男作家、男企业家，因为这些高级职位和头衔，人们潜意识中认为本来就属于男性。因此，当一个女性获得这样的头衔时,大家会强调她是女性,这本质上反映了人类内在的男女不平等。所以,所谓的第二性实际上指的是女性作为第一性男性的附属地位。

女权主义从19世纪延续至今,网络上仍然存在这种斗争,它可以说是社会运动,也可以说是政治运动。这长达100多年的女性主义运动被称为女权运动的第一次浪潮,主要目标是让女性获得与男性同等的投票权、工作权、财产权、受教育权。在这100多年中,这个运动曾因两次世界大战暂时中断,但随着第二次世界大战的结束,女性主义运动也进入了第二次浪潮。相比第一次浪潮,第二次浪潮女性要求更广泛、更细致,包括反对家庭暴力、反对女性歧视、反对对女性身体和精神的压迫,以及争取堕胎权等。波伏娃的《第二性》虽然探讨了一个复杂的问题,但她给出的答案却十分简单:女性并非天生低于男性,而是因为后天的社会塑造才逐渐处于次等地位,成了第二性。

我曾和一位牧师讨论过《圣经》故事,他给了我一个有趣的启示。他说,上帝先创造了亚当,后来因为担心亚当孤独,于是从他身上取出一根肋骨创造了夏娃,这让人觉得女性是男性的附庸品。这个故事不知是谁写的,但它传达了一个信息:女性从小到大都要依附于男性,依靠父亲、丈夫和儿子。于是,我们常听到王子和公主幸福地生活在一起后,王子继续追求他的宏图霸业，而公主却只能在家相夫教子。

男人从小受到的教育是狼性教育，被灌输要变成狼、与世界搏斗的观念。而女生从小受到的教育是羊性教育，被告知要学会相夫教子，只有足够温顺、踏实、不具攻击性，生活才能越来越好。但真实的生活是这样吗？

真实的生活其实是多种多样的，你可以成为任何你想成为的人，无论是女性还是男性。同样受到性别歧视的可能也有男性。我们被教导男儿有泪不轻弹，被灌输要坚强，但谁说男人不可以流泪呢？如果女人可以坚强，那么男人也可以脆弱。一个开放的社会应该包容一切合理的行为，这样的社会才是美好的。

这也是波伏娃的观点，她认为女性的生活方式应该多样化，她所追求的一切都应该是多种多样的。男性的生活也应该如此。你可以选择成为母亲，也可以选择单身，可以选择不结婚，也可以选择像波伏娃和萨特那样的爱情关系。人应该永远是自由的。

我想你也能理解为何波伏娃和萨特能一直在一起，因为他们彼此承认对方的自由。波伏娃带着这种存在主义的观念，承认了彼此的自由，从而写下了《第二性》。

很多人没听过存在主义，它的核心可以用一句话概括：人可以活成任何自己想成为的样子。与它对应的叫本质主义。所谓本质主义，就是人天生具有固定的属性，你是什么样是被固定下来的。比方说人之初，性本善；比方说人有原罪；比方说女人应该如水、如丝、如羊；比方说男人应该刚强、主外，具备战斗性。

波伏娃跟萨特他们相信的存在主义认为，人的属性不是天生的，而是后天形成的。换句话说，人们有选择的权利，成为什么样的人是他们自己努力和选择的结果。所以女权主义者不一定非要是女人，一个男人如果信奉存在主义，他也可能是女权主义者，因为他相信人有不同的可能性。我就是一个女权主义者。

我小时候读过存在主义的文章，当时还没有完整的体系，但我深刻地理解了：我不想浑浑噩噩地过一辈子，我想成为自己想成为的样子。于是，我从军校退学，去当老师，当作家，当导演，去创业……但实际上，我一直在寻找不一样的自己。

如果你也想成为自己想成为的样子，并且相信自己可以成为任何人，那么你或许会认同波伏娃的观点。如果你认同波伏娃，你就不会简单粗暴地认为男性比女性更重要，而是知道人可以被塑造成各种样子。

最近漫威火了一个概念，叫平行宇宙。有时我也会想，假如真的存在平行宇宙，我会在哪个时空？我会像蜘蛛侠一样在那里冒险吗？或者我会是一个家庭主夫，篮球运动员，快递小哥？这些都是可能的，因为人可以成为任何形态，唯一的要求是你要快乐。

所以，女人到底是什么？波伏娃说这世界已经不存在天生的女人了。就像树叶被人工修剪后，就再也没有人知道这些树叶原本的模样。这本书已经出版70多年了，我常常感慨，我们生活在一个美好的时代。特别是在中国，你会看到很多女孩选择结婚是因为爱情，很多女生选择参与工作，她们挣的钱甚至比男生还多。中国女性劳动参与率超过70%，居世界第一。

另外，中国女性的平均寿命、幸福感和安全感都在不断提升。截至2020年，中国女性企业家的比例已经超过四成，女性已经真正站在了社会的前沿。

可是在这个时代，我们仍然能看到这样的事件：因为一个女性没有生孩子，就遭受千夫所指。此时，我们总是能想到《第二性》。它告诉我们，女性和男性一样，都有权利成为自己想成为的人。我们不应该用性别来限制任何人，无论是群体还是个体。

别人不可以，你也不要自我设限。很多女孩活得很谨慎，她们给自己设置了很多枷锁，比如：我是女孩所以不能怎样，不能做什么；我是女孩，所以应该怎样，应该做什么。但你可知道，70多年前波伏娃就告诉我们，不论你是女性还是男性，你都有权利去追求你想要的生活。你可以说不，你也有选择，你可以决定自己成为什么样的人。

希望有一天，我们能看到更多不一样的女性，她们有着完全不同的生活态度和生活轨迹，在各个平行宇宙和现实世界中活出真正的自我。

《安娜·卡列尼娜》
人的生命力和道德哪个重要？

我问你，一个人追求自己的爱情有错吗？当然没错。但是如果她结婚了呢？你可能开始摇头了。我再问，如果她根本不爱自己的老公呢？你又开始点头了。我继续问，如果她曾经无比爱自己的老公呢？你可能开始蒙了。

每一个时代，都有作家在探讨"欲望"。我们有《金瓶梅》，西方世界有《包法利夫人》，俄国有《安娜·卡列尼娜》。

如果真的要用一句话去概括《安娜·卡列尼娜》，就是：一个女人出轨了，最后选择自杀。

1870年，托尔斯泰萌生了创作一部描述当时人们私生活的小说的想法，这个灵感来自于一个真实的案例。在这个案例中，一位贵族女性嫁给了一个她并不喜欢的男人，后来因爱而私奔，最终悲剧性地死于车轮之下。最初，托尔斯泰构想中的安娜是一个符合当时世俗观念的形象：令人讨厌、相貌丑陋、肥胖且庸俗，这种形象被认为是堕落女性的典型特征。相对地，那个男人则被塑造为一个圣徒般的人物，爱上帝，尊敬上帝。

然而，到了1873年托尔斯泰正式开始撰写《安娜·卡列尼娜》时，他对角色的看法开始发生了变化。安娜在他笔下变得更加伟大和复杂，而她的丈夫则逐渐显露出虚伪和抽象的一面，所谓的道貌岸然也不过如此。

很多人看完这部作品，都问托尔斯泰："您最后怎么把安娜写死了呢？我们太喜欢她了！"由此托尔斯泰写出了文学史上最著名的一句话，他说："不是我想让安娜死，是她自己走向铁轨的。"这句话透露着人的复杂和不可捉摸。

托尔斯泰出身贵族，多次在自己的庄园里面搞农奴制改革，却把自己的家改得越来越糟糕，甚至希望全家人跟农奴一样节衣缩食，也不要搞那么多娱乐。但是他老婆特别年轻，两个人意见不合，开始吵架，最后托尔斯泰离家出走，甚至出轨，还有了私生子。于是，他开始思考婚姻的本质，这段关系一直持续到他生命的终点，虽然没有离婚，但却充满了痛苦。

托尔斯泰自己也是个复杂的人，对爱痴情敏感，情感多舛。这种复杂性贯穿于他的每个作品中，使得每个故事都充满了深度和张力。复杂的不仅有人，还有家庭，书里的第一句话就封神了："幸福的家庭无不相似，不幸的家庭各有各的不幸。"这句话像是命中注定，也像是无可奈何。

故事讲了一个已婚妇女安娜从彼得堡到莫斯科回娘家，很巧与沃伦斯基的母亲在同一个车厢里。在出车厢的时候，她遇到了大帅哥沃伦斯基。两个人一见钟情，可安娜这个时候已经嫁给了卡列宁，还有一个孩子。

就这短暂的一瞥，沃伦斯基发现安娜脸上有一股被压抑着的生命力，从她那双亮晶晶的眼睛和笑盈盈的脸颊上掠过，仿佛她身上洋溢着过剩的青春，不由自主忽而从眼睛的闪光里，忽而从微笑中透露出来。

随后，两个人彼此相爱了，相爱不需要理由，只要看一眼就行。

关于爱情，托尔斯泰写过一句话：爱情如同燎原之火，熊熊燃烧起来，情感完全控制了理智。

可是，就算相爱，两个人也没办法在一起，首先，两人的身份是贵族，其次，社会道德绝对不允许他们在一起。贵族身份形成一张网络，一个封闭的圈子，其中有亲朋好友、八卦传闻，还有不容置疑的道德准则。两人要怎么打破？

此时的安娜已经倍感压抑，每次看到丈夫都感觉自己根本不爱他。而安娜的丈夫卡列宁是一位非常得体、德高望重的贵族，几乎毫无瑕疵，唯独没有爱。安娜热衷于参加舞会，因为她在那里可以与沃伦斯基相遇。

安娜的行为很快传到了卡列宁的耳中，尽管他并不在意，但出于贵族身份的考量，他要求安娜在面子上要能过得去。安娜原本以为自己可以在两者之间保持平衡，直到一次赛马会改变了一切。在这场盛大的赛马会上，彼得堡上流社会的人们聚集在一起，沃伦斯基也是参赛骑手之一，比赛中他突然从马上摔了下来，安娜用望远镜看到了这一幕，吓得大声尖叫，所有人都看到了。

本来大家就对两人的关系有所猜测，这下确定无疑了。回家途中，卡列宁愤怒地指责安娜，而安娜绝望地看着丈夫说："我爱他，我是他的情妇，我忍受不了你，我害怕你，我憎恶你。"

幸好她喜欢的沃伦斯基并不是什么渣男，他再次露面是赛马后的第二天，他已经决定与安娜私奔。然而，问题在于沃伦斯基同样是贵族。若他选择与已婚妇女私奔，首先会遭到他母亲的反对。他犹豫不决之时，安娜突然发现自己怀孕了，她怀上了沃伦斯基的孩子。随着产期的临近，安娜的精神状态开始出现问题，总是产生幻觉，觉得自己快死了。她主要的压力来自"完美人格"的卡列宁。她老公高大上，在外看起来如此完美，他知道安娜做了对不起他的事情，不仅没有爆发，甚至决定宽恕他们，但就是不离婚。在这种高尚的"宽恕"之下，卡列宁非常满足，而沃伦斯基却因为内心对卡列宁的鄙视，又无法抑制对安娜的爱情，感到羞愧，选择了自杀。好在，他被救回来了。

沃伦斯基没死，安娜却差点死了。由于难产，她差点丢了性命，最后虽然活了下来，可是孩子没保住。安娜最终放弃了跟丈夫离婚的权利，放弃了儿子的抚养权，跟沃伦斯基去了国外。

故事走到这一步，看似画上了一个句号，但我们不能忽视那句"幸福的家庭无不相似，不幸的家庭各有各的不幸"。安娜和沃伦斯基所遭受的不幸在哪儿？用托尔斯泰的话说："他们被上流社会唾弃了。"安娜在剧院看戏的时候，很多女贵族都说她是荡妇。

安娜意识到，她的幸福已与社会道德观产生了冲突，这听起来真令人难过。我曾在洛杉矶遇见一个女孩，她是同性恋者，也曾道出这句话，她说，自己的幸福与父母的道德观相悖，说完她就哭了。

然而，我们知道，人始终是社会性的动物，虽可以选择自己的生活方式，却难脱离所在圈子。与沃伦斯基在一起一段时间后，安娜突然发觉自己怀念俄国，渴望回归家园。回国后,她再度面对丈夫卡列宁。这个男人很有意思,宽恕了安娜和沃伦斯基后,他的满足感逐渐消退,内心开始失衡。他原本自诩是最好的人,如今却陷入孤独,世人嘲笑他无法管好妻儿。

最让卡列宁伤心的是,这件事导致他的仕途中断了,他本来将要晋升,但别人说他老婆都管不好,工作怎么做。沙皇为了安慰他,给他颁了一个勋章,但卡列宁总觉得这是人生中的一个污点。于是他就和自己的儿子讲:"不准见你妈妈。"卡列宁并不是一个坏人,他有强烈的宗教信仰,有责任感、有能力,没有对不起家人,对家人忠贞不贰,但他没有爱。

安娜见不着自己的儿子,希望破灭,几乎就要疯掉了。她偷偷去见儿子,跟儿子相处的温馨场面给她造成了更严重的精神创伤,因为这种偷偷摸摸的相聚不能长久。于是她染上了大麻,加上之前的幻觉,整个人就真的开始疯了。

情感的复杂性令安娜痛苦不堪。她一方面痛恨沃伦斯基,责怪他将她置于困境,一方面又更加依赖他,因为除了他,她已失去一切。于是,她采取了一种常见的方式:"作"。她知道沃伦斯基不会爱上别人,但她刺激他,逼迫他时刻说爱她,否则就是渣男。久而久之,沃伦斯基真怕了,为了避开安娜,他不断找事情,参加各种聚会。其实他也很爱安娜，但爱一旦变成了限制，就变质了。

安娜把自己放在了一个困境里，她希望跟卡列宁离婚，只有离婚，她才可以光明正大地看孩子，光明正大地跟沃伦斯基结婚，但是卡列宁不同意，卡列宁就是要折磨她。离婚的想法就此破灭了，安娜将沃伦斯基绑在自己身边，而沃伦斯基则要找一切机会寻求自由。

这矛盾终于爆发了，一次吵完架，沃伦斯基冷漠地不辞而别。安娜抽了过量的鸦片。她想起了很多跟沃伦斯基的美好日子，也突然想起她见到沃伦斯基的第一天有人死在火车下。她想到原来我也可以这么死。在小说的结尾，安娜不停地胡思乱想。一边胡思乱想，一边沿着站台越走越远，她在站台的尽头停下了脚步，然后跳了下去。

安娜在这个故事中离开了。尽管一开始安娜并不是托尔斯泰心目中理想的女性，但今天我们来看这个故事时，这位伟大作家给了我们生命的另一种可能性。我们知道出轨是不对的，但读完后我们不禁感到遗憾和同情，这或许就是文学的力量。它告诉我们，生命中有许多事情是道德所不容许的，但这些事情是否有存在的意义和价值呢？

托尔斯泰曾说："有人徒劳地把人想象成为坚强的、软弱的；善良的、凶恶的；聪明的、愚蠢的。人总是有时是这样的，有时是另一样的；有时坚强，有时软弱；有时明理，有时错乱；有时善良，有时凶恶。人不是一个确定的常数，而是某种变化着的，有时堕落、有时向上的东西。"

他在讨论人和时代的多样性，在讨论统一和分裂。家庭本身就是"分裂与统一"的象征，人类也是如此。想想看，人类究竟是由个体堆叠而成的集合，还是一个统一的整体？我们都是其中的成员，各自取得了人类整体中的不同部分。

说深了，但我真心想说的是，安娜和我们很多人一样，浑身都散发着强大的生命力，但这种生命力只有表达出来，才能形成具体的行为，才能被人理解，才能和这个世界发生关系。行为的准则和规则与生命力无关，而是需要人去学习、遵循的。有的时候，这些行为的准则会压制人的生命力。

什么是生命力？是去爱一个人，体验新生活，让自己充满活力。

安娜浑身散发的生命力，是她最迷人的地方。她勇敢地跟随自己的感受去爱，打破了束缚，而卡列宁则是一个完全相反的人。他身上只有象征和语言构建的道德体系，缺乏生命力。他不仅压抑着安娜，也压抑着自己。

安娜在一段独白中说："他们都说：他是一个笃信正教的人，有道德的人，正直的人，聪明的人；可是他们没有看到我看到的一切。他们不知道，八年来他是怎样扼杀了我的生命的，他扼杀了我心里一切有生气的东西——他，他连一次也不会想到，我是一个有血有肉的女人，一个需要爱情的女人。"但对不起，这样的人在那个时代是不能被大多数人甚至身边的人所接受的。

于是，安娜在一种分裂中，精神崩溃了。

同样的情感在当时以及现今社会都被禁锢着。人们喜欢评头论足，他们用那些与生命本质毫不相关的象征和语言来标榜道德，压制着安娜，剥夺了她的生命。在这样的环境下，安娜将外在的分裂内化为罪疚，最终选择了以死了结。

然而，有时候我们打开网站，看看大家的评论，会猛然意识到：这样的评论和制约，不也发生在今天吗？

《包法利夫人》
人的欲望底线是什么？

说到作家圈最"装"的一位，在我心中绝对是福楼拜。有一天早上，一个客人去拜访他，他说你等我工作完再找你聊天。于是，他用过早饭就上楼去工作，一直工作到中午。吃午饭时，客人问他写了多少，福楼拜说，我写了一个逗号。吃过午饭，福楼拜又埋头工作了一下午，客人就在那里被晾在一旁。到晚饭时，客人又问他下午写了多少，福楼拜说，我把上午那个逗号抹掉了。

第二个故事更匪夷所思。另一个朋友去拜访他，看见他坐在门口痛哭流涕，哭到都哭不出声来了。朋友问他出了什么事。他说："包法利夫人死了。"朋友弄清了包法利夫人是谁后，笑着说："你可以不让她死啊。"福楼拜说："不，她非死不可，她已经无法再活下去了。她不得不死了。"说完，又接着哭去了。

话虽如此,我还是很崇拜福楼拜的,我觉得一个作家不"装"是很难成大事的。因为"装"的人分为两类,一类是为了"装"而"装",比如那些年轻时不停说着"活到30岁然后死去",最后到了30没死的一群人;一类是真的见过世界,深知自己厉害的人。福楼拜属于后者。

福楼拜的生平充满了传奇色彩。1821年12月12日,福楼拜出生于法国北部的鲁昂。鲁昂是中世纪欧洲最大最繁荣的城市之一,福楼拜的父亲是当地医院的外科主任,在当地很有声望,母亲带三个孩子,没有正式工作,为人非常敏感,这种敏感性影响了福楼拜。他是家中的第二个孩子,比他大8岁的哥哥后来子承父业成了医生。仔细看他的生平,就会发现他们家其实很富裕。福楼拜一生衣食无忧,也不需要考虑稿费等问题。他写作的动力来自对写作艺术本身的持续兴趣,据说这一切都要归功于他的母亲。她愿意表达,也愿意站在母亲的角度去表达。因此,你总能在他的文字里感受到对女性的同情。

一个作家不是为了生存而写作,那么他的艺术道路或许能走得更远。因为他可以更自由地考虑自己想要表达的内容,而不必受商业和读者的需求的束缚。

福楼拜的桀骜不驯从他的爱情观就能看出来。他一生未娶，只是在人生的美好时光里，在朋友家中结识了女作家路易斯·科莱。他们的友情和交流持续了10年，留下大量信札。现在，这些文字是研究他的创作思想的第一手资料。科莱曾两次向他求婚，但他不为所动，选择了独居。为什么呢？我不得而知。直到我认识了一位一直不结婚的画家，我问他为什么，他说，我已经厌倦了讨好别人，任何人都是。我想，这也许就是福楼拜的答案。

《包法利夫人》是福楼拜发表的第一部长篇小说，有一段时间，他的创作陷入困境，有人随口问他："为何不写写德拉马尔的事？"德拉马尔是福楼拜父亲的学生，事业平庸，生活走入低谷。刚结婚的妻子比他年长许多，不久就去世了。德拉马尔很快又结婚了，但新娶的妻子年轻而放荡，他约束不了她，婚后妻子有过两段婚外情，并不顾一切地供养情人。这位第二任妻子在28岁时去世，留下一个幼女。这痛不欲生的生活状态，导致德拉马尔也在第二年死去。

有时候我看到这样的故事都觉得很难过，每看一遍都会恐婚，就像大作家菲茨杰拉德，也是因为另一半的欲望毁掉了一生。所以结婚是很重要的，千万别找那种爱赌博的男人和爱虚荣的女人。

福楼拜最终接受了朋友的建议，开始动笔写作，4年才写完。谁想到，就是这么一个建议，让我们至今还能记住他。实际上，这个故事的素材很普通，一个女主角婚外偷情，被情人抛弃最终破产自杀的惨剧，但为什么它的影响力如此之大呢？或许是因为那个时代的特殊性，特殊的时代孕育了特殊的作品。

法国一直都是个天主教国家，对婚姻的保护程度极高。1816年，法国废除了大革命时代颁布的离婚法案，全面恢复禁止离婚的旧制，即使两个人彼此之间恨得要杀死对方，也无法解除婚姻关系。这使得人们只能忍受不幸的婚姻，多么痛苦。直到1884年，法国才恢复了离婚权，但很多人一辈子就这么过去了。那个时候民众心里已经有很多怨言了，希望可以自由离婚，因为如果不能自由离婚，人们只能出轨。出轨又被唾弃，怎么办？这个时候，这本书出场了。

所以一本书红不红，因素太多了。

无论红不红，我们必须说，福楼拜是一个纯粹的作家。他没想到要红，创作是他的生命，他说："人生如此丑恶，唯一忍受的方法就是躲开。要想躲开，你唯有生活于艺术，唯有对美和抵于真理的不断寻求。"

他的小说创作始于鲁昂中学的一间教室，以一个衣着土气、天资平庸的农村新生夏尔·包法利为开端。这个角色软弱无能，毫无抱负，是个典型的没有梦想和追求的男人。没有梦想的人可以分为两类：一是对爱情不做选择，二是对前途不做选择。

夏尔·包法利中学毕业后，听从母亲的安排进入医科学校，两次才勉强通过医师资格考试，然后在托斯特小镇开始行医。之后，家人为他安排了一门婚事，与一位寡妇结了婚。寡妇有点丑，但有点钱。

日子原本很平淡，直到有一天，包法利收到一封紧急来信，请他前往拜尔斗治疗一位富裕农民，他摔断了一条腿。农民没有妻子，只有一个名叫爱玛的漂亮女儿。故事从那一刻开始，包法利去看诊时，他的目光不经意间被一个穿着蓝色毛料裙袍的年轻女子所吸引，就这样，他爱上了她。

小说描述道，她的面颊泛着玫瑰色，头发乌黑油亮，挽成一个高高的髻，眼睛明亮美丽，长长的睫毛使她的棕色眼睛看起来仿佛是黑色的，她"朝你望来，毫无顾虑，有一种天真无邪的胆大的神情"。

包法利治疗完那位农民后，答应三天后再去探望，但他第二天就跑去了。此后，他一周去两次，渐渐地，他变得离不开爱玛。一天不见到爱玛，他就感到全身不舒服。

然而，包法利的妻子渐渐发现丈夫爱上了另一个女人，醋意大发，开始逐渐软禁包法利。不久，妻子的财产保管人带着她的钱财逃跑了，这让包法利的父母意识到儿媳一年并没有1200法郎收入，于是跑来和她吵闹。她在一气之下，吐血死了。

这刚好给了包法利向农夫提亲的机会。农夫虽然知道包法利不是理想的女婿,不过他品行端正,省吃俭用还老实,不计较陪嫁,便答应了。开春后,包法利和爱玛按当地的风俗举行了婚礼。

爱玛从此被称为包法利夫人,她曾经以为,婚姻应该充满激情,美满幸福,但完全不是,她觉得丈夫包法利"平淡得像人行道",那些在书本上读到的欢愉、激情、陶醉究竟去了哪儿?

婚后的平淡生活就"犹如天窗朝北的顶楼,百无聊赖像无声无息的蜘蛛,在暗处织网"。于是,故事在这个平淡如水的生活里爆发了。包法利医好了一位声名显赫的侯爵的口疮。侯爵为答谢包法利,邀请包法利夫妇到他的庄园去做客。

那是个意大利风格的庄园,房子很大,还有美丽的花园,爱玛目不暇接,赞不绝口,一位风流潇洒的子爵还来邀她跳舞。在回家的路上,恰好拾得了子爵的雪茄匣,从此爱玛和财富、地位有过接触之后就沦陷了。书里写:回到家,她向女仆人发脾气。她把雪茄匣藏起来,每当包法利不在家时,她把它取出来,开了又开,看了又看,甚至还闻了闻衬里的味道,"一种杂有美女樱和烟草的味道"。

她开始对丈夫看不顺眼，并且变得懒散、乖戾、任性。她渐渐病倒，这种病并非基因或环境所致，而是因为社会地位的落差。爱玛开始幻想自己处于更高阶层的生活。包法利感到心疼，却不知道如何解决。尽管他考虑搬家，但即使搬家了，爱玛也会认识其他人，比如莱昂，他们之间产生了柏拉图式的爱情。两人都互相喜欢对方，但却啥也没发生，爱玛不开心了，因为她不满足，觉得一个男人怎么能够。于是有了第二个人，罗多尔夫，这可是一个情场老手，他包养了鲁昂的女演员，正觉得腻味，琢磨着用什么法子抛弃她时，看到了爱玛。

在一个农业展评会上，两人当着包法利的面开始调情。包法利呢？他竟然顺水推舟，强烈赞成妻子听从罗多尔夫的提议去骑马，促成了这桩婚外情，正是在骑马途中，两人干柴烈火了。

为什么包法利会这么做呢？有人说他不知道，但我认为不是这样的。我会在后文详细解释。

没过多久，罗多尔夫用一封假眼泪洒过的信结束了与爱玛的交往。就在当天，爱玛看到罗多尔夫匆匆驾驶马车离开永镇，前往鲁昂找他的情妇，爱玛当场晕倒。之后，她生了一场重病，陷入了绝望之中，躺在床上两个月。病好后，她想痛改前非，重新生活。

可是，一个人如果不改变内心，就不会改变生活。

包法利在爱玛康复后，听从药剂师的建议，带她去鲁昂欣赏歌剧演出，却意外地在剧院遇到了莱昂。此时，包法利不知道该怎么办，最后他决定让妻子在鲁昂多待一天，自己返回永镇。

此时的莱昂，已不再是昔日那个缩手缩脚的小伙计了，巴黎的读书生涯已让他习惯与女人厮混，他变成了另一个罗多尔夫。爱玛对他而言也早不是需要仰视的女神，他很快就把她拿下了。

为了掩盖与莱昂的私情，爱玛谎称去鲁昂上钢琴课。她与莱昂在旅馆中每周约会一次。她背着丈夫向商人借债。同时，为了填补生活的空虚，她喜欢购买各类奢侈品，甚至赊账买衣服，时间一长，她债台高筑，为了还债她又不得不借更多的钱。直到有一天，爱玛接到法院的一张传票。时装店老板告诉爱玛除非她立刻偿还8000法郎，否则就把她的所有财产冻结。绝望之下，爱玛尝试筹钱，但没有人愿意帮她，包括莱昂和罗多尔夫。

当她从罗多尔夫家出来时，内心无比绝望，顿时感觉墙在摇晃，头顶像被什么压着一样。她恍忽地走在一条悠长的林荫道上，随风飘散的枯叶像在嘲笑她此刻的孤独无依和落寞无助。回到家，爱玛吞下了砒霜。包法利医生来到她的床边，跪在地上，她把手温柔地放在他的头发里面，对他说："你是好人。"最后，她看了孩子一眼，结束了自己痛苦而浪荡的一生。

这部小说最让人感动的应该是结尾处，为了偿清债务，包法利医生把全部家产都卖尽。在整理家当时，他发现了爱玛和莱昂的来往情书以及罗多尔夫的画像。他难过极了，他好像什么都懂了，很长时间闭门不出。即便如此，当他在市场上遇见了罗多尔夫，他也选择原谅了自己的情敌，认为"错的是命"。当他开始正视自己的命的时候，他的身体虚弱不堪，最后，也死了。

《包法利夫人》的光彩，很大程度上来自它对社会欲望的剖析。19世纪中期，男权盛行，男的可以随便出轨，但女人呢？我们听不到她们的声音，好像她们结了婚后，就有了幸福的生活。可是生活不是这样。

在小说中，包法利被描绘为一个平庸、迟钝、不解风情，但善良的大直男，爱玛虽然在临终时对大夫感到歉意，但仍将自己不断下沉的命运归咎于丈夫的无能。然而，爱玛自己难道没有错吗？她是否像许多中年妇女一样，将所有不顺归咎于丈夫？包法利呢？他几乎全程以德报怨，甚至在发现妻子和他人偷情之后，都不怎么费劲就原谅了他们。最后自己安然离世。

很多人不理解包法利为何在妻子出轨时总是选择离开或促进这段感情。我认为，包法利并非不知情，而是不愿知情。他之所以转身离去，故意促成婚外情，是因为他害怕直面现实。

这也是我最终受到的启发。我在过去很长一段时间，都能看清一个人面临的问题和他自己欺骗自己的状态，以前我总会指出来，后来，我也慢慢不说了。因为有时候，自己欺骗自己，是一种自我保护的状态。就像包法利一样，一个被现实和时代抛弃的人，一旦被迫面对真相，便只有选择死亡。包法利如此，包法利夫人也是这样。

《刀锋》

> 人生有无数的可能。

如果给20多岁的读者推荐一本小说,我推荐的一定是毛姆写的《刀锋》,而不是《月亮与六便士》,尤其是男孩子。因为他们需要一些责任感,不能说走就走,转头就抛家弃子。《刀锋》不同于其他小说,它探讨了我们这一生到底在追求什么:金钱,梦想,还是自我实现?

人就是如此,追求不同,人生的结局也不一样。

毛姆和其他作家不一样,特别喜欢到处玩儿,足迹踏遍世界各地,深谙东西方文化,也正因如此,他看世界的视角与众不同,他深知人生是一系列选择的结果。

在西方社会,现代人面临着严重的精神危机。资本主义的发展使工具理性走向了极端化,人们变得像机器一样,失去了灵魂。作为个体,他们被资本和算法所裹挟,追求高效率成为唯一目标。西方主流价值观反而成为个性的枷锁，人们活得像机器，没有了基本的尊严。

所以毛姆在文学创作的探索中，逐渐将目光转向了东方。他多次访问中国和印度，这些经历让他深受东方文化和宗教的影响，发现了一种与西方资本主义价值观截然不同的精神解药。东方文化强调通过内心的探索来提升个人的精神境界，倡导自我完善，关注人的内在价值。这种文化认为，人应被视为目的本身，而非达成某些外在目标的手段。这种东方的哲学思想对毛姆的作品产生了深远的影响，尤其体现在他的小说《刀锋》中。故事的主人公拉里，在印度的深刻体验中领悟到了人生的真谛，这种体验和领悟正是东方文化追求精神自由和内在价值的具体表现。拉里的旅程揭示了一条不同于西方物质追求的生活道路，展示了通过精神追求实现人生意义的可能性。

当然我们知道，毛姆那个时候了解的不是中国的多样化的宗教，而是印度的宗教。在印度宗教里有一句古话，他将其写在了这本书的扉页上，是印度教圣典《迦托·奥义书》中的句子：一把刀的锋刃很不容易越过，因此智者说，得救之道是困难的。

刀锋指通往真知的路，得救之道如刀锋的锋刃般难行。主人公拉里，经历了身体和精神上的折磨，从出世到入世，行走于"刀锋"之上。毛姆70岁高龄时完成了这部作品,也是他创作生涯晚期最重要的作品。人到晚年,总会开始反思生命:人的本质到底是什么?

书里有一段话:"无论男女,不仅仅是代表自己,更反映出生的地域、是在城市抑或农村学会走路、儿时常玩的游戏、从老一辈听来的传说、习惯的饮食、就读的学校、热衷的运动、阅读的诗篇与信仰的神祇,等等。凡此种种,均造就了一个人的样貌,光凭道听途说不可能通盘了解,必得亲身经历,进而融入自我生命。"

这段话跟《悉达多》里传达的意思有点接近。总之,我们的一切经历构成了我们的个体,我们的命运则是由我们的决定和选择所塑造的。我写小说的多年经历告诉我,作为作家,如果不去亲身体验、将一切融入自己的生命中,就永远无法真正理解那个人,就像没有当过父亲就永远无法理解父亲是什么一样。经历胜于一切,体验高于一切,只有通过经历和体验,人才能真正成为人,拥有自己的尊严。

这个故事的主角拉里父母早逝,被父亲的医生好友抚养长大,本应顺理成章地成为享受优渥生活的美国上流社会成员。然而,第一次世界大战的爆发改变了一切,他选择参军成为一名飞行员。在军队中,拉里结识了一个爱尔兰好友,这个人勇敢、善良、充满生命力,在一次遭遇战中因为救拉里，在他的身边中弹牺牲。这次目睹死亡的经历让拉里开始对人生产生迷惑，开始思考生命的意义：如果人终将死去，甚至连一句遗言都没有，那么人生的意义又在哪里？如何度过自己的一生？打仗有意义吗？赚钱有意义吗？结婚有意义吗？我是谁？我从哪里来？我未来要做什么？

拉里退伍后，完全变了一个人，不上大学，不结婚，也不愿意就业。他与世界格格不入，放弃了一切，去欧洲旅行，背着包无所事事。他不愿再追求崇尚名利的美国梦，对赚钱也不感兴趣了，连和他订好婚的未婚妻，也失望离开。战时经历让他深思生命的意义："我想确定究竟有没有上帝，想弄清楚为什么有邪恶存在，也想知道我的灵魂是不是不死。"

战友之死深深震撼了拉里，使他意识到生命的无常和奥秘。这种经历驱使他开始探索宗教，试图解答如"上帝为何要创造邪恶"等深奥的问题。拉里阅读了众多心理学和哲学的著作，希望从历史上的智者那里寻找到生命的意义。他不仅投身于煤矿的体力劳动中以求心灵的净化，还曾在修道院中寻求精神上的慰藉，希望从基督教的教义中找到答案。然而，这些尝试最终未能给他带来满意的答案。直到他前往印度，在一位象神大师的静修院中接受启示，拉里终于领悟了生命的真谛，并体验到了精神觉醒的快乐。这种体验，虽然我无法完全感同身受,但我能理解那些长期被物质欲望侵蚀的人,在进入宗教圣地时所感受到的震撼和冲击。这种转变不仅标志着拉里内在世界的彻底变化,也展示了精神追求如何深刻地影响一个人的生活和思想。

找到黑暗中的明灯之后,拉里重新回到世俗的美国,丢掉财产,无我无求,隐身在人山人海中,"平静、节制地生活,满怀慈悲、无私忘我并且禁欲克己"。毛姆晚年应该是对佛教产生兴趣了,也许是他年轻时写下的《月亮与六便士》再一次显现出来,主人公在追求生命意义的旅途中没有丰富的爱情,只有对生命和月亮的追求。人除了赚钱,竟然也可以追求其他的生命意义。

除了拉里,另一个让我印象深刻的人是他的未婚妻伊莎贝尔。伊莎贝尔与拉里一起长大,有着美好的爱情和对未来的幻想,但她无法忍受拉里的不负责任,尤其是拉里回来之后变得什么都不在乎,她不能理解。拉里希望伊莎贝尔懂得精神生活让他可以对世界上任何权力和荣誉都毫不在意,伊莎贝尔却不赞同,她不停地问:人怎么可以没有物质呢,没物质人怎么可能开心呢?她希望过上享乐的生活,穿着漂亮的衣服参加宴会、跳舞、打高尔夫、骑马,两个人最终没有走到一起。伊莎贝尔后来嫁给拉里的好友,一个富二代证券经纪人格雷。格雷让人舒服和平静,他努力赚钱,像极了那个时代的奋斗者，虽然遇到了1929年的经济大萧条，但还是很努力，即使遭受破产和病痛，依然跟所有人坦诚相待，踏实生活。纵观现今世界，这样的人很多，他们踏踏实实做自己喜欢的事情，从中创造价值，赚取该得到的金钱，过着简单的生活。然而，越是这样普通的人，越容易有着最难以被接受的痛苦。

在拉里和伊莎贝尔周围，还有一个重要的女性人物：索菲。她是他们少年时代的好友，一个普通的女孩子，长大后嫁人生子，过着幸福的生活。但是一场横祸改变了一切。一天晚上，索菲和丈夫带着孩子开着他们的敞篷小汽车回芝加哥，却遭遇了醉鬼驾车高速撞击，丈夫和孩子当场丧生，索菲受伤幸存。得知真相后，她精神崩溃，无法承受生命的残酷玩笑。索菲性格大变，自暴自弃，开始沉溺于酗酒、吸毒，与各种人发生关系。

有时候生命就是如此，你选择平淡，反脆弱性就会变差。

在外界看来，索菲是一个潦倒堕落的女人，遭人唾弃，即使她最终惨死也被视为活该、罪有应得。但唯有拉里因为见过世界，对她持有不同看法，他欣赏索菲，认为她与众不同。他希望通过与索菲结婚来拯救她的灵魂。然而，正当索菲接受拉里的求婚、准备重新振作的时候，却被充满嫉妒的伊莎贝尔设下的圈套诱惑，弃婚而逃。

伊莎贝尔对拉里还有一定的占有欲，即便她没有跟拉里在一起，也认为拉里是属于她的，她不允许拉里跟这种肮脏的女人在一起。她或许可以接受拉里最终跟别的女人结婚，但不能是索菲。最终索菲放弃了机会，回到了自己的轨道上，堕落放纵，客死他乡。

这其实也是另一种生命的可能性。我们可以这样问：是继续沉沦在痛苦中，还是勇敢地面对生活，替自己活下去？这是这个人物给我们带来的思考。

最后一个人物是拉里的反面：艾略特·谈波登。他是伊莎贝尔的舅父，欧洲社交界的名流，有钱且世俗。在毛姆笔下，艾略特被描写得惟妙惟肖。虽然我不知道他们所谓的上流社会是什么，但我知道很多人与艾略特相似，势利虚荣，荒唐做作，却也善良可爱。艾略特是美国人社交生活的一面镜子，社交是他生活中的一切意义，没有社交，他就没有自信。艾略特拥有值得自豪的家世，父亲是大学校长，祖父是著名的神学家。他自己大学毕业后，长年在巴黎和伦敦混迹，攀附各种社会关系。一战后，他靠着参战勋章在巴黎红十字会获得职位，积累了可观的财富，逐渐站稳了脚跟，顺风顺水。他从不放过任何赚钱的机会，无论在哪里，只要能赚钱，他都会蹭过去。在世俗意义上，他是一个成功的人，一个有钱人。

晚年社交场上，艾略特最大的痛苦，就是那位曾经受他提携的、为人更圆滑更势利的美国青年保罗·巴顿和贵妇人爱德娜的豪华家宴遍请名流，唯独把他漏下。谁也没想到，这件小事最终让他含恨而亡。我一直在想，如果你的同学过生日不请你，可能你会不开心，但你不会死去，因为你还有爸爸妈妈，还有美好的未来，你不是一无所有。

艾略特其实就是现实中某些人的社会化人格的体现，虚荣、贪婪、老奸巨猾，也会仁慈、慷慨、深情厚谊，对高贵的人曲意逢迎，对卑微的人冷眼相待。你不能说这样的生活是错的，但这样的生活，肯定不是每个人都希望过的。

小说故事到这儿就结束了。可以看出，艾略特和拉里代表了生活中两种不同的人。一个追求精神层面的满足，另一个则只看重物质享受。书里有个细节，虽然在现实生活中艾略特最反对拉里与伊莎贝尔订婚，对拉里不肯走自己已经踏平的成功大道极为不满，认准了拉里在社会上将一事无成，但其实在内心深处，艾略特对拉里极其欣赏。因为他们都在追逐自己心中人生的意义，只是方向不同而已。

回到故事本身，每个人都在追求自己的人生意义。那么，人生的意义是什么呢？我认为可以总结如下：其一，物质和精神两者缺一不可；其二，在追求物质的同时，也要注意保持精神层面的满足；其三，无论身处何处，都不要忘记自己的初衷。

最后，我用毛姆小说中的一句描写结尾："岁月没有在拉里身上留下痕迹，不管从哪一个方面说，归来的拉里仍是个青年。"青年指的不是年龄，而是精神上的永不言败。这是毛姆喜欢的人格类型，也是我希望你们成为的样子。

《瓦尔登湖》

你的生活其实还有其他选择。

很多读梭罗的人，都觉得梭罗太啰唆。《瓦尔登湖》很多章节，都像一本流水账，比如自己盖的房子花了多少钱，28.125美元，而城市里的平均房价是800美元，又比如花费，8个月总计61.9975美元。他还详细列出这段时间的务农收入是23.44美元，打零工赚了13.34美元，总收入36.78美元，赤字25.2175美元。看上去像个斤斤计较的人，但其实他不是在计算利益得失，而是在思考生活的另一种可能性。

为什么这个时代还要去读梭罗？他似乎与城市化和消费主义产生了矛盾。因为我们要持续思考一个问题：现在这样快节奏的生活，真的是你想要的吗？

我在2023年的某段时间，突然受不了北京的生活，于是跑到丽江待了一个月。在那里我每天直播、写作、读书，新鲜的空气一下子治好了我的焦虑。我也幻想着，有一天，自己也能像梭罗一样，在某个湖边盖间小屋，耕几亩地，读几本书，写几行字，与动物朝夕相处，物我两忘。

梭罗用自己作为实验的蓝本，提供了一种生活的可能性。他通过亲身实践提醒人们，其实，你有千百种生活方式，全看你如何选择，而最不可取的就是人云亦云。最令人害怕的，是每个人都觉得生活其实是一模一样的。

梭罗用自己的生活，进行一个思想实验。一个人敢于把自己交付在某件事情上，说明他不只是说说而已，而是个伟大的践行者。很多作者写的"鸡汤"为什么不受欢迎？因为不仅别人不信，他们自己也不信。他们没有把自己交付给那套理论体系，写出来的东西就显得平庸。只有把自己交付于作品中，才能写出优秀的作品。

说回梭罗，他的爸爸本来是教师，后来接手了梭罗舅舅经营的铅笔厂。梭罗从小心灵手巧，什么都会做，自己住在深山里，什么都能自己做。他可以迅速地将闲置在盒子里的铅笔一把一把抓出来，每次恰好抓出一打（12支）之数。

梭罗很聪明，20岁就从哈佛大学毕业了。那时，他不仅精通希腊语、拉丁语、法语、德语和西班牙语，还学习了数学、哲学和地质学，绝对是一个跨界的人才。后来，梭罗成了专业的土木测量专家，他自掏腰包购买了测量工具和指南针。他去世后，康科德图书馆还收藏了他的测量记录。那个时候人们没有学科的概念，只要是新知识，大家就会去学习。

有人说过，每一代美国作家和编辑都在给《瓦尔登湖》作注。为什么有这么多注本呢？因为梭罗是一个通才，他的作品中融入了各种各样的知识和文化，包括天文、地理、植物学、动物学、哲学、希腊罗马文化、北欧和印度的宗教文化、神话典故等。如果读者不仔细阅读并加以理解，就会错过梭罗作品的深意和有趣的比喻。在美国，早就有了"梭罗学"的概念，其中就包括对他作品的注解。

毕业后梭罗谋到一个薪酬很不错的教师职位，就是那段日子，他认识了当地不少作家，进入一个文人圈子，开始记日记，给杂志写稿、演讲，还进行探险。正是在这期间，他结识了美国文学巨匠爱默生，这个关键人物改变了他的一生。爱默生欣赏梭罗，聘他为自己的管家。

梭罗几乎是住在爱默生家的，爱默生说：梭罗对我来说就是一位很好的帮手与医生。因为梭罗是一个具有不屈不挠精神且非常熟练的劳动者……我已无法离开他了。他是一位真正的学者与诗人，他就像一棵蓬勃生长的苹果树，日后必将结出累累硕果。

但不幸的是，1842年，梭罗最亲爱的哥哥因为磨刀时划伤了手,没有在意,随便包扎了一下,导致患上破伤风,没多久就去世了。这对梭罗的打击非常大,推动他做出了一个决定——前往瓦尔登湖,断绝社交,深入记录与哥哥的点滴往事,记录他们一起到一条河流的源头去旅行的日子,并将之编成一本回忆录。他在瓦尔登湖写完了那本书,并且在两年后就出版了,书名叫《在康科德河和梅里迈克河流上的一周漂流》。他写完这本书后想,既然这里环境如此宁静,要不我就再写一本书。于是,7年后《瓦尔登湖》出版了。

所以有时候我们看似奔着一个目标去了,但阴差阳错,完成了另一个壮举,生活永远会给我们留下彩蛋,我们需要做的,就是奋勇直前。

从进入瓦尔登湖起,梭罗真正开始了寻找自己的独特生活之路,他摒弃了传统价值观里的生活,开始求知、记录、探索大自然,过简朴的生活,自给自足。

梭罗于1862年5月因为肺结核英年早逝,终年45岁,终生未娶,葬于家乡。妹妹负责整理他的大量手稿,有200多万字,后来慢慢出版,成为研究梭罗的第一手材料。梭罗的两个妹妹也都终身未婚,所以梭罗家没有后代。我每次读梭罗的作品时,都会感受到,这其实就是他的后代。

现在的瓦尔登湖,已经正式列入美国国家历史名胜。我去过一次,因为我姐在波士顿大学读书,离瓦尔登湖很近,一旁还有个书店，售卖着梭罗的纪念品。我还在那儿买了三把椅子，文章结尾告诉你为什么要买这个。每逢重大节日或是梭罗纪念日，梭罗研究所的工作人员会在书店举办活动，有演员在那里扮演梭罗，有机会大家可以去看看。

当然，瓦尔登湖之所以这么红，梭罗之所以能够这么畅快地表达，还是应该感谢一个人——爱默生。

1844年秋天，爱默生41岁，完成了自己第二部论文集的校订稿，迈着轻快的步子到瓦尔登湖散步。路上正好碰上几个人在谈论要卖掉湖畔的一块土地，爱默生一高兴，就准备入手了。第二天他前去交易，人家又告诉他，如果不连同旁边的树林一并购买，那片地就一文不值。于是他又把那4英亩的林子买了。后来，爱默生买地上了瘾，第二年又买下了附近的40英亩地，想召集好友来盖房子。他想到的第一个人就是梭罗。

爱默生买下地没多久，就和梭罗达成协议：梭罗可以在瓦尔登湖边盖房子自己住，还可以随便开垦种地，但他只有居住权，最终要把房子卖回给爱默生。正是这一举动，成就了《瓦尔登湖》。

梭罗反对世俗的忙碌。他认为，人们潜心改善自己的衣、食、住、行，在谋生上花去一生光阴，其实是本末倒置。在他看来，人们的生活可以更简单、更朴素。比如，吃饭是为了健康和活着，没必要顿顿鲍鱼龙虾；衣物主要为了保暖，完全没必要买Gucci和Prada，梭罗不是不懂时尚，他是批判人们对时装的痴迷，批判那些没有意义的时尚，他说，"男男女女们对新式样都有一种孩子般的疯狂趣味"，其实"服装制造商们早已知道，这种趣味是很荒诞和反复无常的"。梭罗花了很大篇幅论证人的生活必需品其实可以很少，也就是食物、住所、衣物和燃料，这些东西也不需要太多。相比之下，许多奢侈品和生活中的舒适品只会阻碍人类的进步。一个每天早上第一时间就打游戏、敷面膜研究吃什么的人，恐怕很难去思考宇宙的奥秘。

梭罗还反对买房子，他说，镇上一所房子要花掉800美元（那个时候的价格），一个人通常要耗费大半辈子，才能够赚到他的棚屋。他认为把一生中最好的光阴花在买房子上，实在是得不偿失。他说："一个农夫拥有了自己的房子以后，他不是因此而变得更加富有，而是更加贫穷，因为房子占有了他……大多数人好像从来没有考虑过房子是什么，他们大半辈子都毫无必要的贫穷，就是因为看到邻居有房子，而觉得自己也一定要有一套和邻居一样的房子。"

这也是梭罗的作品到今天依旧有意义的原因，我们应该反思，真的需要那么多繁杂的东西和商品吗？梭罗在书里做了很多计算，他并不完全是为了统计生活成本，他的目标是摒弃与生命无关的东西，他想告诉大家，朴素的生活方式，同样可以体验到丰富的内心世界。人们完全可以过上一种物质简单但精神丰富的生活。

真的吗？

真的。

我曾尝试过一个月不碰手机，不与人交往，结果是第三天我就有些坚持不住了。但我还是坚持了一个多月没有与任何人联系，因为我将书架上的书都读完了。读书的时候，确实不觉得孤独。

我在一刻talks分享过一个主题：孤独是成长的必修课。那一期节目特别受欢迎。在演讲里我说过：孤独并不会让你变得更好，真正让你进步的是在孤独中的修炼。所谓孤独中的修炼，其实是让你拥有丰富的内心世界。在孤独中寻找自己的热爱才是关键。

演讲结束后，现场有个学生提出异议，说梭罗就是过着孤独的生活，两年多也没事啊。其实梭罗根本没有反对社交，他也在社交。要不然他为什么会在家里放三把椅子？只不过他希望的是和同频的人交往，和那些与自己价值观相近的人交往，让自己变得更好。

所以，人需要孤独，但同时也需要社交。我们需要找到属于自己的团体，与他们共度时光。虽然我们都是人类，但在很多情况下，我们并不是同一类人。

其实，我们中国也有一个"梭罗"，这个人叫陶渊明，他写过《桃花源记》。文章里写道："林尽水源，便得一山，山有小口，仿佛若有光。便舍船，从口入。初极狭，才通人。复行数十步，豁然开朗。"

你觉得，陶渊明和梭罗的相同之处和不同之处在哪儿呢？

我不知道，想听听你的答案。

《失明症漫记》

如果有一天,我们都看不见了……

想象一个世界,在这个世界里,所有的肮脏、残忍、卑鄙,大家都视之不见,你是唯一一个把所有的黑暗都尽收眼底的人。这个世界会是什么样子?这就是我读《失明症漫记》时的感受。

这本书讲述的是一个疫情隔离的故事,类似于《1984》的一个虚构故事。它讲述了在封闭的环境中,人性是如何一步步沦陷的,就像《蝇王》中所描述的那样。但我一直没有勇气去读它,直到2022年,我终于拿起了这本书。

《失明症漫记》的作者是若泽·萨拉马戈。1995年,他出版了这本书,并在三年后凭借它获得了诺贝尔文学奖。他是葡萄牙人,也是葡萄牙唯一一个获得诺奖的作家。2010年6月18日,这位作家离开了我们。就在我们疯狂购物庆祝618

的时候，我们也应该铭记，萨拉马戈离开了我们，感谢他为我们描绘了一个看不见的世界。因为这个看不见的世界，让我们看清了很多事情。

在繁忙的路口，绿灯亮了，中间车道的头一辆汽车却停滞不前，司机在挡风玻璃后面挥着手臂。围观的人打开车门之后，突然间听到他喊了一声："我瞎了！"可是，这个大喊一声的人的眼睛完全正常，虹膜清晰明亮，只是他的眼睛有一点点洁白的痕迹。他双目圆睁，面部肌肉抽搐着，眉头紧锁。任何人都能看出来，他痛苦地失态了。那一瞬间，好像他看到的所有东西都消失了。他绝望地喊着："我瞎了，我瞎了。"泪水涌出来，而涌出的泪水，反而让他失明的眼睛更加明亮。

这就是这本小说的开头。

我们在写作班里讲过一个创作概念：越早塑造出笔下世界的规则，就越不需要向读者解释其背后的逻辑。因此，小说一开始就描绘了一个世界。在这个世界里，人们逐渐失去了视力，更可怕的是，这种病还具有传染性。

一个代驾司机送他回家，也被染上了失明症，接着，为他们治疗的眼科医生成了第三个失明的人。失明症迅速蔓延，整个城市陷入了一场空前的灾难。有趣的是，只有故事里的"我"可以清楚地看到这个世界。也正是因为"我"能看到世界，所以把你带进"我"看到的世界。小说中有八个人，他们都没有名字，情节也并不复杂。在小说中看不到人名，地点也不明确，甚至不清楚发生的时间。我想作者有自己的用意，他想让人们知道：任何时间、任何地点都有可能发生这样的事情，而任何人也都有可能成为这群人之一。

首先出场的是一个男人，他在失明之后被一位看似好心的代驾送回家。然而，这位代驾司机实际上是个小偷，他偷走了第一个失明者的汽车，随后他自己也失去了视力。第一个失明者还有一个妻子，她在丈夫被送回家后也失明了。接着，第一个失明的人去医院看眼科，当时有三个病人，一个戴着墨镜的姑娘，一个斜眼的小男孩儿，还有一个戴眼罩的老人，他们也失明了。当然，给他看病的那位医生，也失明了。

而"我"——也就是医生的妻子，是唯一一个没有失明的人。

接着，政府意识到了一场传染病的到来，他们向公众宣布，白色眼疾是一种瘟疫。卫生部部长提出把所有的失明者，包括可能与他们有过接触的人，全部隔离起来，以防止疫情的进一步传播。他们把这些人关进了一所废弃的精神病院。

那么，隔离多长时间呢？部长说："既可以是40天，也可以是40个星期或者40个月，也可能是40年。重要的是那些人不得从隔离区离开。"

然而，当一群人被关在像集中营一样的地方时，他们会形成一套类似于动物界中的规则和规章制度。这些规则不是人类社会现有的规则，而更像是动物界中的弱肉强食法则。毫无例外，只要没有市场化，就会出现"人治"，就像监狱、军营中存在各自的规则一样。刚刚我们提到的七个人就被关进了这样一个地方。

为了陪伴自己的丈夫，她谎称自己失明，于是也被关了起来。一开始人比较少，大家在规则下相安无事。然而，随着失明者数量的增加，为了争夺有限的食物，暴力成了主导，欲望也逐渐失去了控制。第一个放纵自己欲望的是那个偷车的人，他毫不客气地当众猥亵了戴墨镜的姑娘。而这个姑娘也毫不客气地回击了偷车贼，用高跟鞋扎进了他的大腿里面。

人们闻到了血腥气息，开始释放原始的兽性，偷车贼血流不止，如果在正常世界，他可以去医院看病、去买药，可是政府已经下定决心放弃这些被隔离的人。就像书里说的，他们知道今天上午团长在军营说过："盲人的问题，只能靠把它们全部从肉体上消灭来解决。包括已经失明和必将失明的人，无须假惺惺地考虑什么人道主义。"他解释说，狗死了，他的狂犬病自然就治好了。对于那些决策人来说，治疗疾病最佳的方法就是把他们关起来，让他们自然死去。人死了，疾病就不复存在了，他们就能赢得这场疾病战的胜利。

政府希望所有公民都展现出爱国之心，积极配合政府的政策。具体做法就是不要对政府的决策提出质疑，并远离那些感染了疾病的人。

偷车贼的伤口越来越大，腐烂得越来越严重。最后他在极度痛苦中走向了政府军，想要寻求帮助。可他的这个举动引起了军人的恐慌，军人对他开枪。

于是，偷车贼死了。偷车贼的命在政府的"政策正确"下，一文不值。

而这噩梦才刚刚开始。随着失明者数量的增加，每个人得到的食物越来越少。在政府的漠视下，强盗们建立起自己的统治，制定了自己的规则，利用武力和身体优势霸占了所有的食物，逼迫人们用金钱来换取零星食物。当财物逐渐被搜刮完毕时，强盗们又采取了另一种手段：强迫每个宿舍里的女人服淫役来换取食物。当然，这服淫役的人中间也有"我"。

于是最残忍也是最让人犯恶心的一幕在书里出现了。

"我"看见医院里满地的粪便，目睹了被奴役的男人们带着斗大的眼泪滴子，毫不犹豫地大口咀嚼着自己女人用肉体换来的口粮……

书里有一段话是这么说的：让我们惊叹的是，女人们没有像男人那样反对，而是纷纷表示同意。甚至当其中一个女人的丈夫表示宁死也不吃以女人身体换取的食物时，女人们还齐声谴责："您可以把您的妻子留下来供您一人享用，让我们来供养您们，供养您和她。不过，我倒是想知道您以后是不是为此感到有尊严，想知道您怎样吃我们给您带来的面包。"

随后，她们甚至自发组织起来，为男性提供性服务，从反抗到被动，再到主动，仅仅几周的时间，这是多么的讽刺啊。

在这个世界，所有人都沉湎于性剥削和狂欢之中，而故事的主人公之一，医生，始终拒绝参与这种放纵。可到了故事的尾声，即便是一向道德水平很高的医生也经受不住考验，最终爬上了戴着墨镜的姑娘的床。而他的妻子——别忘了她并没有失明——只能无奈地目睹这一切，看着人们——是的，所有人——从人性沦为兽性，她内心多么希望自己也能像其他人一样瞎掉。

最终，医生的妻子忍无可忍，在一次歹徒施暴时，拿出了从家中偷偷带出的剪刀，一刀刺穿了歹徒头目的喉咙，然后召唤身边的女人团结起来，推翻邪恶的统治。医生的妻子以一人之力组织起众人，试图建立新的法则，理性、利他，这是每个人都应该遵循的。她提醒人们，即使无法完全像正常人一样生活，至少也要努力不像动物一样生存。

她号召人们去埋葬被杀害的失明者，带领人们尽量有序地领取食物，并与政府军谈判，争取失明者的权益，为女性的尊严而斗争。医生的妻子的存在，正是作者想告诉我们的：在这个世界上，无论多么糟糕，总会有一双眼睛能够看到良知。她的存在是为了提醒人们要守住最低的道德底线和最后的人性尊严。

当然，这太难了。萨拉马戈给了我们一丝希望，但这一丝希望到底能支撑我们走多久呢？

在第十二章的结尾，"我"高喊："我们自由啦！"随着可怕的轰隆声，左侧的房屋倒塌，火焰四处飞散。盲人们奋力冲向围栏，但有些被倒塌的墙压死，有些被踩成了血肉模糊的肉泥。大火四处蔓延，一切都化为灰烬。大门一扇扇敞开，精神病院里的"疯子"们纷纷冲出……

可是第十三章开头的一段话又让我极度难受：对一个盲人说"你自由了"，把将他与世界隔离的门打开。"走吧，你自由了。"又对他说了一遍，但他还是不走。站在马路中间，他和其他盲人，他们都战战兢兢，不知道往哪里去。

我想起小时候看过的《肖申克的救赎》。电影里有这样一句台词：那些墙还记得吗？这些墙一开始你不能适应它，慢慢地你习惯了它，到最后你不能离开它了。他们就像电影里的图书管理员，恢复自由后竟选择自杀。这种现象被称为"制度化"，明明知道不对却习惯了。

在接下来的故事中，医生的妻子和丈夫以及其他盲人一起生活。她带着他们去寻找家人和家园，帮他们洗净衣服，找食物，帮助他们逐渐找回失去的尊严，从动物变回人类。为了安抚人们，也希望他们从内心的伤痛中恢复，医生的妻子开始给大家朗读故事书。你看，只有读书，才能够把人唤醒。她讲述着不朽的故事和故事背后的真理和文明，这成为唤醒人性最宝贵的方式和法宝。尽管他们看不见，但流下了眼泪，失去的灵魂也逐渐回归。在这些故事中，人们从混乱走向有序，从不公平走向公平，从自私走向爱。理性回归社会。最终，失明症消退了，人们一个接一个地恢复了视力，"我"目睹着世界从地狱变成了天堂。

故事的最后，医生的妻子像往常一样给大家读着书，在读书声中，突然第一个失明者声称自己能看见了。然后是戴墨镜的女孩儿、医生、斜眼的小男孩儿、戴眼罩的老人……他们拥抱在一起，流下了激动的泪水。人们又是欢呼，又是唱歌……"我"走到窗前，看看下边，看看满是垃圾的街道，看看又喊又唱的人们，然后抬起头，望望天空，看见天空一片白色。接着，"我"失明了。

故事到这儿就戛然而止了。

其实它还有一个续集,叫《复明症漫记》,但那是很多年之后作者笔下的另一个故事,有机会再跟大家分享。

我认为这个故事是一个黑暗的预言:用"白色黑暗"来暗示人类灵魂的盲目,以及人类看不见的事物所带来的荒诞。这些事物不能用人性来衡量,更不能用人性来试探。我曾听一个朋友说人和动物最大的区别是什么。我们讨论了很多,今天借此书我想我明白了,人和动物最大的区别是:人能看见,而动物看不见。

但可惜的是,很多人明明看得见,却装作看不见。比如看到街上有人骚扰女孩子,自己却躲在角落;看到邪恶势力,不敢发声;看到不公平,不管不问……比失明更可怕的是心灵的失明,也就是良知的丧失。

萨拉马戈的作品总是引起人们的愤怒,以此唤醒人们的良知。书中的人物没有名字,但这重要吗?不重要。名字只是代号,人们记住的是他们做的事。每个人都可能是医生,医生的妻子,偷车贼,戴墨镜的女孩儿……

书里说:"我们离世界太远了,过不了多久就会不知道自己是谁,连叫什么名字也记不清楚,说不出来了。对我们来说,名字有什么用呢?有什么用呢?没有哪一条狗是通过人们给起的名字认出和认识另一条狗的。它们通过气味确认自己和其他狗的身份。在这里,我们是另一种狗,通过吠叫和说话声互相认识。而其他方面,长相、头发、皮肤的颜色通通没有用,仿佛不存在。"

感谢这个有光的世界,尽管我们有时看不清楚。

正如医生的妻子说:"我想我们没有失明。我想我们现在是盲人。能看得见的盲人,能看但又看不见的盲人。"

有评论家认为这本书不仅是对黑暗社会的预言,更是对整个人类存在的预言。故事中每个人都充满了冲突,突显了人类群体之间永恒的冲突、斗争、流血和杀戮。这种史诗般、神话般的氛围使得故事具有了特殊的质感。许多评论家将其视为《圣经》的颠覆性效仿。但作者萨拉马戈本人是一个坚定的无神论者,他相信人能获救的可能性不在于上帝,而在于人类自己。因此,故事里有一个细节,就是故事的主人公走进了一个教堂,他看见所有的雕塑都被蒙上了双眼,包括天使,包括耶稣,而他们身上都插满了武器。

如果这个世界真地陷入这样糟糕的状态,而这一切每个人都"看不见",那最终连老天都看不见我们。

曾经在写作训练营里面有学生问我:"老师,什么样的细节才是值得描写的?为什么我总是看不到您说的那些好的细节呢?"我用夏洛克·福尔摩斯的一段话来回答他:"大多数人只是在看,他们没有观察。所谓观察,就是拿心去看。"

我们大多数人在看到一个新闻事件或事物时，往往不去思考其背后的逻辑，不去深度思考，也不去表达自己的看法，久而久之就变成了失明者。人们看不见事物的本质，慢慢也就不愿去看了。这就是很多人喜欢说的一句话："眼不见心不烦。"如果这个世界的每个人都装作看不见苦难，认为黑暗不值得关注，那么"白色黑暗"就会离我们越来越近。

最后我们说说萨拉马戈，曾有媒体问他："你希望在自己的墓碑上刻上什么样的墓志铭？"他说："我想刻上这么一行字：'这里安睡着一个愤怒的人。'"

这句话概括了他一生的态度和信念。在他的作品中，有这样一句话："虽然我生活得很好，但这个世界不好。"

萨拉马戈一生都在反对独裁和资本主义，反对教会，反对一切不公不义。他持续地表达自己的态度和观点，直到生命的尽头。我曾经听过一位长辈告诉我，好的作家不是一味地支持或赞同，也不是一味地赞美。好的作家必须有自己的态度和表达，同时要能看见其他人看不见的地方。最重要的是，他们要保持愤怒，保持对社会不公的咬牙切齿。

《圣经》里有一句话是这么说的："如果你能看就要看见，如果你能看见就要仔细观察。"可是有多少人的灵魂里根本就没有装下这些能被看见的东西呢？

《洛丽塔》

控制欲最终会毁掉一个人。

在开始讲这本小说时,我想起一门古老的传统艺术叫提线木偶。小时候第一次看到提线木偶是在一个马戏团里,我看着那个木偶被后面的人提来提去,感到的不是有趣,而是可怕。因为我一直在想,假设这个木偶是个真人,他会是什么感觉?随着年龄的增长,我们这一代人开始成为父母,有一天我看到一个朋友带着女儿在咖啡厅,女儿刚打开ipad就被妈妈骂了一顿,女儿哭的时候,我分明看到了朋友眼睛里有种满足感。那天晚上,我做了个噩梦,梦到自己成了提线木偶,在戏剧的高潮时惊醒。后来,我看到了许多被父母操控的案例,渐渐明白,操控别人原来是一件很爽的事情,操控者感到掌控一切,但遗憾的是,被操控的人最终要么崩溃,要么疯狂。

我要讲的《洛丽塔》正是这样一本书。由于这本书的风靡，后来产生了日本文化中的"萝莉（loli）"一词。你所看到的《这个杀手不太冷》也是根据这本书改编而来。1955年到1982年期间，这本书先后在英国、阿根廷、南非等国被禁止。但是，禁止得越多，流行得越厉害，这是没办法的。

说到这儿，你一定想知道，这本小说到底在说什么？先让我们说说作者吧。我很佩服纳博科夫，不是因为他的小说的情节多么精彩，而是因为他精通多种语言，每一种语言他都熟练到可以写小说的程度。

1899年，纳博科夫出生在俄国一个贵族家庭。这个家族有巨大的政治影响力，并且家财万贯。小时候，纳博科夫家里有几十个佣人，家人和仆人都能流利地使用英语、法语和俄语。在这样的书香氛围下，纳博科夫很快就学会阅读和拼写俄文、英文和法语。果然，最好的学区房就是你家的书房。

俄国十月革命爆发后，纳博科夫一家于1919年乘船离开俄国，前往克里米亚，他的父亲成为克里米亚的司法部长。然而，克里米亚的白军起义失败后，纳博科夫一家又不得不离开克里米亚，开始了背井离乡的流亡生活。

1922年，纳博科夫的父亲因为挺身而出保护朋友而在德国柏林被刺杀。此后，纳博科夫颠沛流离，先后去过英国、德国和法国……这期间他坚持用俄语写作长篇小说。在颠沛流离中，他遇到了许多精彩的故事和感人的情感。1923年5月8日，在柏林一场慈善化妆舞会上，纳博科夫结识了一位犹太律师的女儿，然后两个人很快结了婚。

谁也没想到，二战爆发后，整个欧洲反犹情绪暴涨，为了保护太太，纳博科夫再次踏上流亡之路，举家搬到美国。

抵达美国后，纳博科夫开始在大学里教文学，同时继续创作小说。在这个新的环境里，他意识到只有用英语写作才能有更广阔的发展空间，于是他之后的作品都直接用英语创作。与此同时，他的妻子一直陪伴着他，扮演着编辑、经纪人和生活照料者的角色。有一天，纳博科夫极度崩溃，决定要烧毁尚未完成的草稿，但妻子拦住了他。那本没被烧掉的作品就是《洛丽塔》。

根据纳博科夫的说法，他写《洛丽塔》的灵感来自1939年左右报纸上的一条新闻：一只猴子在科学家的调教下，画出了囚禁它的笼子的铁条。这个"囚禁中的生命"的意象，给纳博科夫带来了灵感，他用俄语写了《洛丽塔》的雏形，是一篇30来页的小说，但他并不满意，没发表就销毁了。

作家经常这样，写一半发现写不动了，或者不喜欢了，往往先放放。有时候生活也是一样，放一放反而能看到更大的世界。

1949年,也就是10年之后,创作冲动再度袭来,这回纳博科夫用的是英语,他还做了大量资料准备工作。他搜寻了关于美国女学生生理和心理发展的论述,从女性杂志、小说上找灵感,在报纸上寻找相关的犯罪事件,这些真实新闻事件,对《洛丽塔》的情节线产生了一定影响。

接下来是漫长的5年创作期。1954年,纳博科夫拿着《洛丽塔》的打字稿,在美国的四家出版社先后碰壁,终于,在经纪人的帮助下,1955年才在法国的一家出版社悄悄出版。在很长一段时间,《洛丽塔》的光彩和力量只能依靠小圈子口碑和读者对禁忌的好奇才得以持续发酵。因为这个话题太敏感了。

3年后,1958年7月21日,《洛丽塔》的美国版问世,在自由的美国引起轩然大波,成为畅销书。可是,纳博科夫整个后半生都因为这部小说饱受争议,引发人们思考一个问题:艺术中的道德困境到底如何定义?

小说开始是一篇有点诡异的序文,一个自称小约翰·雷博士的人说自己在写回忆录,主人公叫亨伯特。然而,在亨伯特案即将开庭审理之际,他却因病突然去世,雷博士获准编纂并出版了这部书。

所以我们一开始即知道,我们的主人公亨伯特死了,还是因血栓病死于狱中。在故事的开始就把这样的道德困境写了出来，雷博士对亨伯特作了严厉的道德评判，说亨伯特"令人发指，卑鄙无耻，是道德败坏的一个突出典型"。我们写东西的时候也总会遇到这样的事情，比如我当初写《我们总是孤独成长》的时候，总被人批评三观有问题，但我只是在探讨一个渣男的复杂性，结果变成我是个渣男了。后来我才明白，纳博科夫这个角度特别好，因为他上来就告诉读者，您先别着急批评这个恋童癖，雷博士已经帮你骂了。

所以读者的情绪反而慢了下来，甚至有些人开始谅解这个叫亨伯特的人了。他到底发生了什么？这就是小说家的厉害之处，一个好的角度就能成就一个故事。

但这也带来一个问题：我们是不是一定要带着道德评判的角度去看一本小说？

小说开头是一段非常著名的文字："洛丽塔是我的生命之光，欲望之火，同时也是我的罪恶，我的灵魂。洛—丽—塔；舌尖得由上颚向下移动三次，到第三次再轻轻贴在牙齿上：洛—丽—塔。"

Lolita, light of my life, fire of my loins. My sin, my soul.

Lo-lee-ta: the tip of the tongue taking a trip of three steps down the palate to tap, at three, on the teeth. Lo-lee-ta.

这段一定要用英文读一下才有感觉。

在亨伯特的自述中，我们知道他出生在巴黎，教养良好，品位不凡。亨伯特在发现第一任妻子出轨后离婚，带着舅舅留下的一笔遗产来到美国。

他在美国从事学术工作，偶然遇到了洛丽塔。洛丽塔是一个跟着寡居的母亲生活的普通美国女孩，刚满12岁，洛丽塔不是女孩的本名，是亨伯特给她起的名字。从这里已经能看出他那种强烈的控制欲，他连名字也要按照自己的想法给人起。

由于儿时的阴影，亨伯特只喜欢十二三岁的小女孩，于是他对洛丽塔无法自拔，为了亲近这名早熟、热情的小女孩，亨伯特想尽一切办法娶了女房东为妻，成为洛丽塔的继父。可是好景不长，女房东在丈夫的日记中发现他对女儿的企图和对自己的不忠，十分生气，于是写了三封信给女儿，在寄信的途中被车撞死。亨伯特当晚喝得酩酊大醉，第二天早上醒来时发现，自己撕碎了女房东没有发出的三封信。从此故事正式开始了。

亨伯特将洛丽塔从夏令营接出来一起旅行，本想通过下药和洛丽塔发生关系，没想到药失效了，第二天清晨洛丽塔主动挑逗亨伯特。后来，亨伯特告知洛丽塔，她的母亲已经去世，洛丽塔别无选择，必须和继父生活下去。亨伯特带着洛丽塔以父女的身份沿着美国旅游，他利用零用钱、美丽的衣饰和美味的食物等小女孩会喜欢的东西来控制洛丽塔，并继续满足自己对她的欲望。

有一次亨伯特给洛丽塔买东西，再次发生关系后，他告诉洛丽塔可以告自己强奸幼女，但是他又说，"当我在牢里紧抓住铁栅栏时，你就成了无人照管的儿童"，他在吓唬洛丽塔，她可能会被送进孤儿院之类的地方。在洛丽塔的潜意识里，亨伯特像个父亲，又像个男朋友，这种复杂的状态构成了文学的情感复杂性。亨伯特虽然停留在复杂情感里，洛丽塔却在长大。随着时间的推移，洛丽塔知道了母亲的死因，对亨伯特的最后一点信任也渐渐消失。她开始讨厌继父，意识到"即使是最可悲的家庭生活也比这种乱伦状况好"。

洛丽塔开始跟年纪相当的男孩子交往，亨伯特无奈把洛丽塔送进私立学校，他想要继续监视和控制她，然而洛丽塔已经有了反叛的力量和精神，借一次旅行的机会脱离了继父的掌握。一开始亨伯特疯狂地寻找她，但始终无果。

时间过去了3年，一天亨伯特收到洛丽塔的来信，信上说她已经结婚，并怀孕了，需要继父的金钱援助。丈夫在远方找到了好工作，但夫妻俩在动身离开前没有钱还债，希望继父能把自己以前的东西卖掉，把钱寄给她。亨伯特给了她400美元现金和3600美元的支票，还有卖房的10000美元预付金跟房子的契约。但是，他要求洛丽塔说出当时是谁拐走了她。在亨伯特的又一次强迫下，洛丽塔说出了5年前诱拐她离开亨伯特的人叫奎迪。

我在读这本小说的时候一直在暗暗发问奎迪是谁？这个人物很模糊，找不到太多线索。在洛丽塔的描述中，他是给洛丽塔学校演出的剧作家，是个大色鬼，还是个吸毒成瘾的瘾君子，他拐走洛丽塔后，让洛丽塔帮他拍色情片，洛丽塔因为拒绝这要求被奎迪从家里赶了出来。

亨伯特这个时候已经崩溃了，他太爱洛丽塔了，请求洛丽塔跟他走，离开现在的丈夫。洛丽塔拒绝了，亨伯特伤心欲绝，他把所有的痛苦都化作了对奎迪的仇恨。

亨伯特与奎迪最后的对峙，写得很有意思，我把原文拿出来，各位可以看看是什么感觉。

"我们抱成一团，在地板上到处乱滚，好像两个无依无靠的大孩子……在他翻到我身上的时候，我觉得要透不过气来了。我又翻到他上面。我被压在我们下面。他被压在他们下面。我们滚来滚去。"

这很像中考和高考的阅读理解，好吧，我不扫兴了，读的时候我认为有两种解释：

第一就是表面：两个人打架。

第二层可能更深入一些，这两个人就是一个人，是内心深处两种人格的撕扯。一种是好色卑鄙的自己，一种是拥有炽热爱情的自己。

亨伯特必须杀死那个好色、卑鄙的"自己",这象征着清算欲望,也象征着对洛丽塔的悔悟和自我的救赎。

杀死奎迪后,亨伯特被抓了,后来因血栓病死于狱中。故事的结局里,17岁的洛丽塔则因难产死于1950年圣诞。

亨伯特在自述的结尾处声明,这部书稿"在洛丽塔不再活在世上时才能出版"。但显然,亨伯特对她精神和生活状态造成的破坏,间接导致了她的悲剧。

故事就到这儿了。

所以,这个悲剧的故事到底在说什么?不是生死,不是得失,更不是简单的恋童癖,其实就是我们一直探讨的:"欲望"。

《洛丽塔》借用情色小说的外壳,成功地抵达了人类心灵深处,欲望在道德面前应该是什么样的?如果说欲望无罪,那道德的边界在哪?如果说欲望有罪,那欲望的边界在哪?

如果这是一件发生在新闻里面的事情,大家的第一反应肯定是:这不混蛋吗?这是恋童癖!但它发生在文学里,文学的一个作用就是探讨生命的另一种可能性。比如,美国著名文学评论家特里林对亨伯特的感觉很复杂,亨伯特无疑是一个恶魔,但特里林完全无法对他感到道德义愤,甚至还准备宽恕他。

这就是文学的魅力，让你永远在思考世界的另一种可能性——也许这些思考并不会让人那么舒服。这也是我写这本书的原因，希望你可以更简单地理解这些难啃的文学作品，然后有自己的独立思考，这也就是这本书的意义了。

《圣诞颂歌》

> 只要心怀改变的愿望,我们的生活就可以焕然一新。

每年圣诞节,我都会重读《圣诞颂歌》,这本书总能让我感受到温暖与宁静。今天,让我们一起探索圣诞节的由来和这本经典之作的魅力。

圣诞节的起源常被认为与耶稣的诞生有关,但更确切地说,是公元4世纪时,罗马教皇将农神节转变为圣诞节,以吸引更多异教徒加入基督教。这一天,人们聚在一起,先是参加宗教仪式,随后尽情享受美食美酒,后来逐渐演变为全球性的节日。

然而,圣诞节真正成为全球性的节日,并非仅仅因为宗教和历史,还因为查尔斯·狄更斯的《圣诞颂歌》。你可能比较熟悉这位作家的其他作品,比如《双城记》《雾都孤儿》。

那句"这是最好的时代,也是最坏的时代"就是出自他之手。《圣诞颂歌》是他另一部经典作品,讲述了一个感人至深的故事。

在讲述《圣诞颂歌》的故事之前,我们先来了解一下狄更斯。他是一位优秀的作家,喜欢描写底层人民的生活,因为他自己就是从底层奋斗出来的。他的父亲是小职员,收入微薄,狄更斯10岁时,父亲因债务入狱,他不得不在工厂做学徒,每天工作十几个小时,睡在冰冷的地下室。这段经历为他的创作埋下伏笔。

我有一个写作训练营,在那里我能够感受到,来自不同背景的学员们的故事是多么丰富多彩。可能人只有经历极度痛苦,才能写出极度美好的作品。写作是美好的事情,通过写作,我们能找到疗愈的力量。

狄更斯的童年岁月在他心灵上留下印记,他决定通过写作记录难忘的日子。他的父亲出狱后,他依然没有机会回到学校,因为家里没有钱。他过早地踏入社会,18岁时爱上银行家的女儿,但因贫困而感情破裂,这促使他走上写作道路。

1833年,狄更斯加入一家报社,开始撰写短文。20多岁时,他的文章《圣诞晚餐》就被刊登在报纸上,显示出他对圣诞节的深厚关注。许多作家的成就背后,是他们曾写过或关注过某些主题的文章或短文，只要某种思想在他们心里扎根，就会在未来某一天厚积薄发，变成不朽作品。《霍乱时期的爱情》就是由马尔克斯年轻时读过的一篇新闻报道演变而来的，《老人与海》则是由海明威年轻时拜访古巴渔夫时的灵感而来。这些种子在他们心中埋下，最终孕育出了伟大的文学作品。所以，如果你想写出好作品，要么多经历生活，见识不同的人和风景，看不一样的世界；要么多读书，因为书里蕴藏了丰富的经验和智慧。

狄更斯的成功也离不开时代的推动力。他的写作生涯始于19世纪，图书行业蓬勃发展的时期。工业革命到来，出版业得到发展，印刷厂、编辑、出版公司涌现，他们需要像狄更斯这样有才能的作家。狄更斯的小说开始在杂志上连载，逐渐赢得大量读者，最终使他成为那个时代的大IP。

《圣诞颂歌》出版前一年，狄更斯的人生陷入危机。他刚30出头，虽已是著名作家，但婚姻出现问题。他赚了很多钱，开始觉得自己了不起，与妻子关系疏远。他的小说销量下降，生活变得艰难。出版界有一个规律：销量持续下降时，出版社就不再找你出版作品，这意味着收入减少。狄更斯面临严重的财务危机，几乎穷途末路。

为了摆脱困境，狄更斯决定转型。他写了《旅行杂记》，记录旅行见闻，同时准备一部小说作为后备。然而，《旅行杂记》销量惨淡，随后出版的小说也失败。狄更斯几乎绝望，觉得自己江郎才尽，没有什么新鲜创意。无奈之下，他开始回忆童年时的经历，决定重拾圣诞节题材。

狄更斯在6周内完成《圣诞颂歌》的创作，这是他创作最快的一部作品。很多人认为，写小说需要花费一年甚至更长的时间，但实际上，一部好小说往往在作者有强烈感觉的时候能迅速完成。像《老人与海》用了8周，巴尔扎克在两个月内完成了《高老头》，还是在他被债主威胁的情况下写成的。

狄更斯在创作《圣诞颂歌》时，漫步在伦敦黑暗街头，一边走一边思考故事结构。当他理清故事脉络时，已是10月底，距离圣诞节仅有两个月。他面临艰难抉择——是继续赶这个圣诞热点，还是放弃，等待来年再发布？然而，他的财务状况不允许他等到明年，于是他决定用最快速度完成小说，并自费出版。经过紧张排版、印刷和发货，他终于在12月19日完成所有工作，并在手稿上写下"The End"，表达内心激动。

狄更斯自己印刷了6000册，结果这些书很快售罄，出版社紧急加印，到新年前已第三次印刷。最终，《圣诞颂歌》在短时间内成为畅销书，不仅帮助狄更斯摆脱了财务困境，还让他重新站在文坛巅峰。随后，这部小说被改编成电视剧、电影，各种衍生品层出不穷，狄更斯因此赚了很多钱，名声大噪。

《圣诞颂歌》不仅在当时大获成功，而且影响力一直延续到20世纪，甚至成为英国第一部无声电影的改编素材。小说作为生活的一种反映，广泛传播开来，让更多的人了解了圣诞节的传统。今天我们互相赠送礼物的习俗，实际上就是受到《圣诞颂歌》的影响。

值得注意的是，狄更斯并不是第一个写圣诞节故事的作家。在他之前，美国文学之父华盛顿·欧文也写过《圣诞颂歌》，但没有取得狄更斯那样的成功。其中的原因或许是，狄更斯的故事充满正能量和温暖，而欧文的故事更侧重于对过去的哀悼和批判。温暖和正能量的故事更容易被改编成电视剧、电影，并在时间长河中流传下来。这也说明了为什么成为一个温暖的人很重要，尽管温暖的力量可能不像批判那样强大，但它更持久，更能感动人心。

狄更斯在过去的作品中，往往描绘悲情故事情节，但在《圣诞颂歌》中，他不仅让读者对贫困家庭产生同情，甚至连冷酷无情的坏人最终也得到救赎。狄更斯让故事里的那个孩子活了下来，并告诉人们，善良可以创造奇迹。尽管这样的情节看似不合逻辑，但它让我们感受到信念的美好力量。这种力量能够让一个坏人、一个吝啬鬼、一个剥削他人的人，转变为友善的人。

那么，这部小说到底讲了什么呢？故事的主角叫斯克鲁奇，他经营着一家叫"斯克鲁奇和玛丽"的商行。故事开头便是经典的一笔：玛丽死了，这点是毫无疑问的，她的葬礼记录上，牧师、办事员、葬礼承办人和主要送葬人都签了字，就连斯克鲁奇自己也签了字。老玛丽确实死了，这是毋庸置疑的事实。

小说的开头以极强的冲击力展示了一个死亡的事实，这是优秀小说的典型开头。通过几行字，故事节奏被牢牢掌控，合伙人玛丽的去世让斯克鲁奇成了唯一的老板。斯克鲁奇是一个极度吝啬的人，他的吝啬简直到了登峰造极的程度。他对玛丽的去世没有感到丝毫难过，反而觉得这是一件好事，因为公司终于完全归他所有了。

小说对斯克鲁奇的描写极为生动："他走出来时，头上、眉毛、下巴上都挂着冰霜，走到哪儿，寒冷的气场就跟到哪儿。即使在炎热的夏天，他的身上也带着一股寒气，这股寒气在寒冷的圣诞节更是丝毫未减，没有什么可以温暖斯克鲁奇。"这样的描写让我们深刻感受到斯克鲁奇的寒冷，他的冷酷比任何恶劣的天气都要糟糕。读者在读这段文字时，仿佛置身于一个寒冷的冬天，看见了一个比冰雪更寒冷的人走了过去，这就是小说的魅力。

在一个风雪交加的圣诞夜里，斯克鲁奇的办事员鲍伯·克拉契因寒冷而瑟瑟发抖，问道："我能不能在火炉里添一块煤？"斯克鲁奇毫不留情地拒绝了他："你想都别想，穷人没有资格过圣诞节。"在斯克鲁奇眼中，穷人没有生活的资格，更没有过节的资格。当有人请求他施舍一点钱，帮助那些在圣诞节期间需要救济的人时，他冷笑着说："监狱不是有吗？"当对方说："许多人宁愿死也不愿进监狱。"斯克鲁奇更冷酷地回答："如果他真的会死，不如现在死去，还能减少过剩的人口。"通过这几句话，斯克鲁奇冷酷自私的性格被刻画得淋漓尽致。

然而，这部小说的美好之处在于，它将整个故事又拉回到现实，展现了人性的光辉。斯克鲁奇是一个独来独往的人，邻居们害怕他，孩子们不敢问他时间，甚至连乞丐也知道他的脾气，不抱从他那里得到任何帮助的希望。就连他的员工也非常害怕他。在圣诞节前夕，当员工戴上帽子准备下班时，斯克鲁奇冷冷地说："我猜你明天是想休息一天。"对斯克鲁奇来说，圣诞节不过是他要支付员工一天额外工资的日子。他对任何来向他表达节日祝福的人都毫不客气地拒绝。

直到斯克鲁奇上床睡觉时，一件非常恐怖的事情发生了。书中描写说，就像一阵没有一丝温暖的冷风吹过斯克鲁奇的头顶，突然间，幽灵出现了。这个幽灵竟然是他已故的合伙人玛丽。玛丽的到来并不是为了叙旧，而是告诉斯克鲁奇，接下来会有三个幽灵拜访他，他们将带他穿越过去、现在和未来。斯克鲁奇被吓坏了，他问："你想干什么？"玛丽回答："这三段旅程将彻底改变你。"在玛丽说话的时候，她的身上被厚重的锁链紧紧束缚着，她告诉斯克鲁奇，这些锁链不是别人强加的，而是她自己心甘情愿戴上的。七年前，也就是她去世之前，她因为贪婪地剥削他人，最终不得不承受这些锁链的沉重。玛丽告诉斯克鲁奇，他还有机会逃脱同样的命运，或者比她做得更好，但她自己已经没有机会了。说完，玛丽的幽灵便消失了。

如果你只是简单地读这段话，可能无法完全理解其中的深意，但如果你熟悉《圣经》就会明白。《圣经》中有一句话："富人上天堂比骆驼穿过针眼还难。"这句话表达了《圣经》对富人进入天堂的质疑，而在这里，狄更斯似乎也借用了这一思想。

斯克鲁奇回到家中，心中充满了不安。他记得玛丽说过，幽灵会在15分钟后出现。于是，他开始焦急地等待。然而，这15分钟却显得异常漫长，漫长得让他觉得自己甚至可能在这期间打了个盹，错过了幽灵的到来。时间一点点地过去，15分钟，20分钟，1个小时过去了，依然什么也没有发生。狄更斯在这里的描写非常巧妙，他没有直接描写幽灵的出现，而是通过描述时间的流逝，营造出一种悬念和紧张感。然而，就在斯克鲁奇开始放松警惕时，突然间，窗帘被猛地拉开，一阵冰冷的空气涌入，第一个幽灵终于现身。

这个幽灵没有给斯克鲁奇任何喘息的机会，立即拉着他飞越时间和空间。斯克鲁奇惊恐万分，他从未经历过如此恐怖的事情。他们来到了斯克鲁奇的家乡，熟悉的村庄、道路和树木一一映入眼帘。突然间，他看到了自己童年时的教室，那间空荡荡的教室里，只有一个孤零零的孩子被遗忘在圣诞节的夜晚，陪伴他的只有一本书。斯克鲁奇看着这个孩子，那正是年幼的自己，一个孤独而被忽视的孩子。此刻，斯克鲁奇终于明白，童年的孤独和被排斥导致了他日后性格的冷酷与无情。

当他继续回顾自己的人生时，一个美丽的姑娘出现在他的记忆中。斯克鲁奇当时立誓要赚很多很多的钱，以弥补他童年时的匮乏。可是，为了追逐财富，他忽视了爱情，最终这个姑娘不得不与他解除婚约。姑娘对他说："我无法和你在一起了，因为你已经改变得太多了。曾经的你是个可爱的人，但如今，你对金钱的追逐超越了一切。我希望你能找到人生的快乐，但这条路上已经没有我了。"说完，她离开了。

这一幕让斯克鲁奇痛苦不堪，他大喊："我不想再看了！

不要让我再看这些东西!"他恳求幽灵停止这一切:"这些美好的记忆全都消失了,我无法承受这样的打击。求求你,带我回去吧!"但幽灵没有理会他,只是闪烁着光芒,最终,斯克鲁奇在极度的痛苦中昏睡过去。

第二天早晨,斯克鲁奇从鼾声中惊醒,又一个幽灵出现在他面前,这一次是"圣诞节之灵"。"圣诞节之灵"带他看了当下的世界。斯克鲁奇目睹了每一个劳动者的艰辛生活,感受到了他们的善良和希望,也看到了普通家庭的圣诞节。他的铁石心肠渐渐软化,尤其当他看到办事员鲍伯的家时,内心的愧疚和悔恨更加强烈。

斯克鲁奇发现,鲍伯有一个重病的小儿子——小提姆。看到这个可怜又可爱的孩子在圣诞节的晚餐中逐渐失去生命,斯克鲁奇心碎了。他乞求幽灵告诉他,小提姆是否能活下去。然而,幽灵冷冷地回答:"如果未来没有改变,这个孩子大概率会死。"这时,斯克鲁奇的心已经彻底改变,他哀求道:"仁慈的幽灵,告诉我他能幸免,他只是一个孩子。"幽灵却冷酷地重复了斯克鲁奇自己曾说过的话:"如果他真的会死,不如现在死去,还能减少过剩的人口。"

这句话击垮了斯克鲁奇,他意识到自己过去的言辞是多么残忍,而他听到幽灵用他自己的话回应时,内心的痛苦和悔恨达到了顶点。幽灵试图安慰他:"没关系,比起成千上万像他这样的穷人，你们这些富人根本一文不值。"斯克鲁奇在灵魂深处弯下身子，感到深深的内疚。他明白，自己从未关心过他人的生活，也从未付出过帮助。就在这时，他听到办事员鲍伯说："我提议，咱们全家为斯克鲁奇先生祝酒。没有他，就没有我们今天的假期，也没有今天的晚餐。他放我一天假，并且支付我工资，所以让我们举杯，向他表示感谢。"斯克鲁奇听到这些话，热泪盈眶，被深深地触动了。他不再是那个冷酷无情、贪婪自私的商人，而是一个即将迎来改变的人。

接着，第三个幽灵——"未来圣诞节之灵"到来了。这个幽灵最神秘，他一言不发，但他的沉默却胜过千言万语。斯克鲁奇越发感到恐惧，因为他意识到幽灵能够看到他的一切，而他自己却只能在黑暗中摸索。幽灵指引他走向一个触目惊心的场景：斯克鲁奇死后，尸骨未寒，却没有人哀悼他，人们只是在争夺他的财物。他的葬礼简单而冷清，几乎无人参加，甚至有人开玩笑说，如果有午餐提供，他们或许会考虑去参加。

看到这一切，斯克鲁奇突然意识到，如果他不改变自己的行为，小提姆也有可能在那时去世。这双重打击让他从头到脚都在发抖。他哭喊着："我明白了，这一切的不幸可能也会发生在我身上。可怜可怜我吧，我能做些什么来改变这一切？"他四处张望，但看到的只有无尽的黑暗，直到幽灵指向一具模糊的轮廓，那正是死去的斯克鲁奇自己。

他发现，在他死后，没有人在乎他的离世。那种孤独感令他绝望。房间里只有猫在抓门，老鼠在壁炉下蠢蠢欲动。斯克鲁奇哀求幽灵："带我离开这里吧，我不会忘记在这里学到的教训。"幽灵依然没有说话。斯克鲁奇明白了幽灵的意思，他愿意付出一切去改变命运，但他感到无能为力。幽灵的黑袍中透出一丝光亮，他以为那是他重新开始的希望，但光亮中却显现出一个妇人和孩子。妇人看着光说："太好了，他死了，债务就不用还了。"这让斯克鲁奇彻底崩溃，明白自己的死亡竟然让别人感到轻松和快乐，他深感绝望。

他哀求道："求求你，让我看到有人为我的死亡感到悲伤吧，否则我这一生到底有何意义？"然而，幽灵依旧无动于衷，只是默默指向一个方向，那是斯克鲁奇的墓碑，上面刻着他的名字。在小说的结尾，斯克鲁奇满怀痛苦地恳求道："慈悲的幽灵，可怜可怜我，让我重新回到人间。我发誓要铭记圣诞的感恩之情，并将这份感恩延续一整年。我将活在过去、现在和未来，这三个幽灵将成为我生命中的动力。我不会拒绝他们给予我的教训。告诉我，我还能抹去墓碑上的名字吗？"

斯克鲁奇高举双手，祈求命运再给他一次机会。就在此时,他发现幽灵的斗篷和帽子渐渐消失,化作了床柱。原来,这一切不过是一场梦。斯克鲁奇猛然醒来,发现自己依然躺在自己的床上,房间还是他熟悉的样子。而最让他欣喜若狂的是,他还活着,还有机会去弥补过去的过错。他激动地说:"我将活在过去、现在和未来。"他反复说道:"这三个幽灵将永远驻留在我心中,我要歌颂上帝和圣诞节的美好。"

就在这时,教堂的钟声响起,斯克鲁奇冲到窗边,打开窗户,将头探出窗外。他看到外面是一片美好的景象——清澈的天空、金色的阳光、清新的冬日空气,这正是圣诞节的美好景象。他心情愉悦地跑下楼,遇到一个男孩,便问道:"你认不认识街角那家家禽店?"男孩回答:"当然认识。"斯克鲁奇接着说:"你能不能帮我去买一只最大的火鸡?"男孩问:"是那个和我差不多大的火鸡吗?"斯克鲁奇兴奋地回应:"正是那只火鸡,就挂在橱窗里的那只。"男孩答应了,斯克鲁奇继续说道:"快去买下它,告诉他们把火鸡送到这里来。如果你能和送货的人一起来,我会给你一先令。"男孩迅速跑开了。斯克鲁奇自言自语道:"把火鸡送到鲍伯家里去,就送给我的那个办事员。"斯克鲁奇搓着手,心满意足地想着:"他肯定不会知道这是谁送的,这只大火鸡足够两个小提姆吃了。"

接着,斯克鲁奇给办事员鲍伯加了薪,去了外甥家,感受到了久违的亲情，并祝福大家："圣诞快乐！愿上帝保佑每一个人。"从此，一个曾经冷酷无情、贪婪自私的老人，转变为一个善良、温暖的好人。

这是一个简单而深刻的故事。每当我读到它时，我的内心都会感受到无比平静，在寒冬的日子里，这个故事能带来特别的温暖。我想这个故事告诉我们，当一个人学会分享，学会用爱与温暖去关心他人，不论阶层、不论种族、不论财富，他的心中会充满纯粹而美好的时光，这种时光正是圣诞节的精神所在。在这样的人生中，"幽灵"将不再纠缠在你的身边。

实际生活中你会发现，圣诞节时，你把礼物送给别人，而真正感到快乐和温暖的，却往往是你自己。这也是心理学上著名的现象：当你给予他人时，最大的受益者其实是自己。

现在随着圣诞节越来越商业化，越来越多与金钱有关的元素渗透进圣诞礼仪中，我们更需要反思：我们是否真地用内心深处最温暖的礼物去温暖身边的人？我们是否真正与最爱的人交流，哪怕只是打一个电话，聊聊天，在寒冷的冬天里传递温暖？如果是这样，那么我们就已经找到了圣诞节的真正意义。

最后，希望你也喜欢这本书。

《克拉拉与太阳》
人心到底是什么？我们能定义人心吗？

今天，我想与大家分享一本书。它初读或许稍显枯燥，但无碍于其经典之作的地位。这本书名为《克拉拉与太阳》，出自日裔英国作家石黑一雄之手，他是诺贝尔文学奖得主，以其作品的深奥和复杂性闻名于世。

石黑一雄的作品常采用"意识流"手法，表面叙述一件事，实则探讨另一层深意，将各种意识碎片拼接，打破线性叙事的传统模式。他的著作包括《被掩埋的巨人》《长日将尽》《浮世画家》和《小夜曲：音乐与黄昏五故事集》等，这些作品都以记忆的模糊和前后矛盾为特点，营造出一种独特的氛围。

2017年，石黑一雄荣获诺贝尔文学奖，颁奖词中提到："他的小说富有激情的力量，在我们与世界连为一体的幻觉下,他展现了一道深渊。"这正是石黑一雄作品的核心——对记忆的操纵和探索。他的小说《被掩埋的巨人》便是以记忆的独特处理获得诺奖的,小说开篇便是一片浓雾,象征着模糊的记忆,虽不清晰,却真实存在。

石黑一雄的小说常以第一人称"我"叙述,这种视角带有信息的不对称性和不完全性。例如,我看到的世界与你看到的可能截然不同,这与全知全能的上帝视角形成鲜明对比。

《克拉拉与太阳》没有那么好读,但若能坚持阅读,你会发现它的深刻之处。这本书的叙述者是"我",但这个"我"并非人类,而是一个机器人。这是一部机器人的自述小说,讲述了它与一个小女孩的故事。

如果你对石黑一雄的作品感兴趣,我建议不要急于阅读《克拉拉与太阳》,因为它可能会让你感到枯燥。可以先从他的《小夜曲:音乐与黄昏五故事》开始——这本书由多个中短篇故事组成,文笔优美,情节动人。当你适应了他的风格后,再尝试阅读《无可慰藉》《浮世画家》等作品。当你对石黑一雄的作品有了更深的理解,再挑战《克拉拉与太阳》。

石黑一雄获得诺贝尔文学奖后,并未停止创作。他在完成诺奖作品后,花费了很长时间才写出《克拉拉与太阳》,这表明他并不过分看重诺奖,而是保持着创作的初心。这让人想起另一位诺奖得主莫言，他在获奖后依然创作出了《晚熟的人》。这里插播一个趣事：莫言获得诺奖后，许多50多岁的作家立即走进健身房，开始健身，他们认为自己在有生之年或许也能获得诺奖。石黑一雄得奖后，许多与他同龄的日裔作家也是如此，开始锻炼身体，觉得自己或许还有机会。

石黑一雄之所以获得诺奖，我认为有两个原因。首先，他是历史上唯一一个在记忆文学上取得创新的作家。其次，任何一个作家如果想在当代获得诺奖，必须具备多元文化的背景。文化冲突不仅增加了作品的吸引力，还能够使不同文化融合在一起。石黑一雄作为日本人，同时又融入了英国文化，这种文化的双重性使他作品中的冲突和融合尤为突出。

1954年11月8日，石黑一雄出生于日本长崎。1974年，他决定学习英语，并前往英国深造。1982年，他加入了英国国籍。他的作品融合了日本文化的压抑性和英国文化的开放性。

我常常思考，为什么许多作家移居美国或英国后，作品无法激起太大的波澜？原因很简单，因为他们的作品充满了强烈的民族主义情怀。然而，石黑一雄拥有日本和英国的双重文化背景，他的作品几乎从未站在某个小群体的角度来抨击资本主义、抨击美国或英国。

相反，当被问到他是什么样的作家时，石黑一雄回答说："我是一个国际主义作家。"因此，当一个作家心怀天下，而非局限于某个小集体时，他所爆发出的能量是非常强大的，他的视角也更加宽广。他既谈论英国，也谈论美国，同时也讨论日本，但他探讨的本质是什么呢？是"人"。

这正是石黑一雄小说的力量所在，他近乎完美地融合了东西方文化。因此，如果用一个词来形容石黑一雄，那就是"记忆"。"记忆"是石黑一雄创作的核心主题。

我读完他的作品后最大的感触是，我们对记忆这件事毫无认知。在阅读石黑一雄的作品时，记住一点：只要是以"我"开头的叙述都不靠谱。记忆这件事本身就不靠谱，这就是为什么我们在读他的小说时，经常会发现人物的行为举止非常怪异。可是，他写的这些内容靠谱吗？好像也不完全靠谱。因为我们的记忆中充满了主观性的扭曲，这些扭曲的记忆最终变成了历史，变成了所谓的"真相"。

石黑一雄的早期作品还在聚焦于个体记忆，这些记忆可能会被遗忘。然而，在《被掩埋的巨人》中，石黑一雄首次将写作的主题设立在集体遗忘之上。小说一开始就是一场大雾，背后隐藏着深刻的思考。当所有人都以为石黑一雄一辈子只写记忆时，我们却发现他带来了一本关于机器记忆的故事，这就是我们今天要讨论的《克拉拉与太阳》。

各位有没有想过，在人工智能和机器人技术如此发达的今天，还有什么是无法被替代的？很多人认为机器人再强大也无法拥有人心，人心是不可被替代的，对吗？但是，机器人真地无法复制人心吗？这是文学探讨的核心问题：人心到底是什么？我们能定义人心吗？然而，当我们开始定义人心的那一刻，人心就被标准化、流程化了，这也意味着它可以被复制。

在这本书中，机器人曾这样说：

"我问你：你相信有'人心'这回事吗？我不仅仅是指那个器官，当然喽。我说的是这个词的文学意义。人心。你相信有这样东西吗？某种让我们每个人成为独特个体的东西？我们就先假定这样东西存在吧。那么，难道你不认为，要想真正地学习乔西，你要学习的就不仅仅是她的举手投足，还有深藏在她内里的那些东西吗？难道你不要学习她的那颗心吗？"

这是一个机器人在模仿一个小女孩之前，对她的母亲说的话，非常令人诧异。文学永远在探讨生命的另一种可能性。当人工智能已经让人类变得越来越同质化时，石黑一雄从机器人的角度重新探讨了人心究竟是什么。

我们来梳理一下这本书的故事情节。这本书于2021年3月出版后，很多人认为故事情节很普通。然而，这本书是石黑一雄少有的一部与科幻题材相关的作品，讲述了一个机器人和它的主人之间的故事。我曾看过一些采访，石黑一雄提到，这是他在女儿小时候编给她听的一个故事。听完后，女儿直接吓哭了，后来他把这个故事讲给其他小朋友听，大家都说这个故事可能会吓到孩子，留下童年阴影。于是，石黑一雄决定不再讲这个故事，而是将它写了下来。

在石黑一雄的作品中，这是唯一一部我读完后感到温暖的作品。故事的开头是这样的：

"罗莎和我新来的时候，我们的位置在商店中区，靠近杂志桌的那一侧，视线可以透过大半扇窗户。因此我们能够看着外面——行色匆匆的办公室工人、出租车、跑步者、游客、乞丐人和他的狗、RPO大楼的下半截。等到我们适应了环境，经理便允许我们走到店面前头，一直走到橱窗背后，这时我们才看到RPO大楼究竟有多高。如果我们过去的时机凑巧，我们便能看到太阳在赶路，在一栋栋大楼的楼顶之间穿行，从我们这一侧穿到RPO大楼的那一侧。"

从这段文字中我们可以看出，太阳出现了。故事的叙述者叫克拉拉，起初我以为它是个女孩，但后来才发现它并不是人类，而是一个机器人。克拉拉是一个AF，意思是"人工智能的朋友"。书中有一段话是这样说的：

"新来的时候我们时常会担心自己一天比一天虚弱，因为我们在商店的位置往往看不到太阳。"

这段话让我们知道克拉拉是一个太阳能机器人。书中有一段描写很有趣，它说克拉拉在橱窗里看到太阳时，总是想办法把脸凑过去吸收太阳的能量，这个动作引起了同伴的抗议，因为它总是想独占太阳。这种机器人式的思维在书中被称为"人工朋友"，AF具有极强的观察能力、共情能力、推理能力和理解能力。

小说设定的时代背景是在未来的美国，人们变得越来越孤独，而AF的设计初衷是为了陪伴儿童成长。家长太忙，没有时间陪伴孩子，同学也没有时间在一起玩，这时候，家长就会购买AF来陪伴孩子。克拉拉是AF的第四代，它们的更新速度非常快。与新上架的第五代相比，克拉拉和它的同伴已经面临滞销的局面，滞销机器人处境艰难。

克拉拉这个滞销机器人在店里待了很长时间，经理不断向它灌输要永远充满善良、慈悲和同情心的理念，将它设计为一个陪伴孩子的角色。因此，经理对它说，如果有个孩子用奇怪和悲伤的眼神看着你，或者带着怨恨和悲伤的眼神看着你，不要多想，记住，这个孩子是孤独的，充满了沮丧。故事就在这样的氛围中展开。

在克拉拉待在橱窗里的第四天，一个叫乔西的小女孩进入了它的世界。乔西看起来非常聪明且友善，她一眼就看中了克拉拉，并表示想要它。然而，克拉拉凭借它出色的观察能力，立刻察觉到乔西的身体虚弱。通过分析乔西的母亲，克拉拉发现乔西母亲买下它的目的可能不仅仅是为了陪伴乔西，还有其他的秘密。在乔西的坚持下，克拉拉最终进入了她的家。

乔西的家庭是一个典型的中产阶级家庭，父母离婚了，但生活还算不错，母亲的工作也不错。但不要忘记，克拉拉是个机器人，它非常善于观察周围的一切。在乔西身边，有一个叫李克的邻居，他和乔西从小青梅竹马，但他们永远无法在一起。故事中埋藏着一个特别有趣的科幻元素：乔西小时候做了一种名为"基因提升"的程序手术，这个程序直接改善了她的基因，但同时也增加了她的死亡风险。与之相对的，李克并没有进行任何基因改造。

基因改造本身就存在风险，乔西为此付出了巨大的代价，她的健康状况日益恶化，病情也越来越严重。乔西原本有一个姐姐，也是因为同样的原因在几年前不治身亡。李克没有进行基因改造，因此他被视为下等人，而乔西由于进行了基因改造，成为上等人，但她的身体状况却很差，矛盾就在这里产生。

乔西的母亲的第一反应是，她的女儿经过基因提升，显然比没有进行基因提升的李克更优秀，他们不能在一起，因为乔西"比他更厉害"。另外,乔西可能会因为手术的风险而早逝,母亲担心有一天她也会像姐姐一样,所以试图尽力给她治疗。这样,李克和乔西之间产生了矛盾,父母与乔西之间也产生了矛盾。

举个简单的例子,书中有一个有趣的小桥段。李克的母亲海伦当初不愿让儿子进行基因提升,因此她时时刻刻感受到别人对她的歧视,认为她和儿子是二等公民。石黑一雄非常关注弱者,他假设海伦在感受到阶层差距的痛苦后,越来越后悔当初没有让儿子进行基因提升。海伦最终决定放下自尊,带儿子去找曾经抛弃她的老情人,请求帮助。你可以想象,这种情况很尴尬,最终的结果必然是碰壁。

反过来,乔西虽然进行了基因提升,但她的身体状况却越来越差,无论如何治疗都无济于事。你知道她的母亲做了什么吗?她最终找到了克拉拉,并与它单独谈话。这段母亲与克拉拉的对话非常隐晦,很难理解。但机器人意识到,她要求克拉拉模仿乔西,扮演乔西。这一刻,故事的谜团完全解开,呈现在每个读者面前。原来,绝望的母亲希望克拉拉能成为乔西的替身,成为乔西的救命稻草。

母亲带着克拉拉找到了一个叫卡帕尔迪先生的人,这个人一直在为乔西画像。他为乔西制作了一个外壳,母亲希望克拉拉成为乔西的内核,外壳和内核一旦拼装完成,就是乔西了。再加上一定的学习功能,这样一来,乔西就得以"延续"。卡帕尔迪的作品是一个高度仿真的乔西,几乎可以以假乱真。我来给大家看看克拉拉第一次看到这个假乔西时的感受:

"它的面庞非常像真正的乔西,但因为这双眼睛没了那善意的微笑,所以它那张呈现出上扬曲线的嘴巴,给了它一种我之前从未见过的表情。这张脸看上去失望又害怕,它的衣服不是真正的衣服,而是用薄棉纸做成的,上半身的部分做出T恤衫的样子,下半身的部分做出宽松短裤的样子。呈现出黄色,半透明状,在刺眼的阳光下,让这个乔西的胳膊和腿显得格外纤弱,它的头发在后脑扎着,就像真正的乔西生病时的发型,而这也是唯一一处让人无法幸福的细节,头发用的是一种我从未在任何AF上见过的材质,我知道这个乔西对此是不会高兴的。"

读完这段话后,我感触颇深。首先,克拉拉从机器人的角度看到了一个"假乔西",尽管这个假乔西看起来那么真实。其次,一个机器人竟然说出了一段深情的话,关心乔西是否会对这个假乔西感到开心。这个乔西站在机器人面前,她的母亲知道这可能是她的女儿,是她的下一个女儿,也是她的上一个女儿。这种探讨正是文学的力量所在。

不知道大家是否看过一部叫《黑镜》的剧,其中有一个情节令人毛骨悚然。妻子为了复活死去的丈夫，用人工硅胶制作了一个丈夫，并将他所有的社交媒体信息、语言表达方式、口头禅、声音等全部下载并植入到AI系统中。这个AI不断学习、迭代，与网络连接后能够不断更新。那么问题来了，这个人还算是她的丈夫吗？

同样的，当你制作了一个外表完全像乔西，内在也与乔西相似的机器人，这个机器人真的是乔西吗？有了乔西的外貌，接下来该怎么办呢？她的行为、语言、心理如何呢？不用担心，有克拉拉在。乔西的母亲说："克拉拉，我接下来要把你所有的内容灌输到这个将死的乔西里，这样可以延续乔西的生命。"在这种延续过程中，我们看到了人心被放置在一个完全未知且无法预测的领域。读完这个情节后，我感到震惊，非常期待这本书被影视化。我不知道它会被如何改编，但真地非常期待。

同样令人震惊且无法理解的是小说中的其他人物，例如乔西的父亲。乔西的父亲一开始非常反对这个延续计划，但你知道吗？卡帕尔迪先生一边雕刻乔西，一边进行分析，他是一个非常理性的人，有自己的观点。他认为，复制的乔西不就是你的女儿吗？有什么问题呢？他和乔西的父亲发生了激烈的争论，乔西的父亲最后说了一句话，我读完后感到背后发凉：

"我想我之所以恨卡帕尔迪,是因为在内心深处,我怀疑他也许是对的。我怀疑他的主张是对的。怀疑如今科学已经无可置疑地证明我女儿身上没有任何独一无二的东西,任何我们现代工具无法发掘、复制、转移的东西。古往今来,一个世纪又一个世纪,人们彼此陪伴,共同生活,爱着彼此,恨着彼此,全都基于一个错误的假设。一种我们过去在懵懵懂懂之中一直固守的迷信。这就是卡帕尔迪的看法,而我内心的一部分也在担忧他是对的。"

我不知道大家是否理解这个逻辑。人类活到今天,我们的身体和心灵的所有部分是否真的可以被复制?乔西的父亲一开始不同意延续计划,因为他认为自己的女儿是独一无二的,不可被替代的。但当他用理性主义分析这个问题时,发现人的器官、思想、动作,甚至人心,都可以被复制,他的思想在一瞬间崩溃了。

各位,这就是这本书探讨的问题——人类能不能被复制?

我们不知道。

然而,在不远的未来,像克拉拉这样的机器人,配上一个非常漂亮的外表,可能成为任何一个人。那么,这个时代会变成什么样子呢?

我们知道现在很多器官已经可以被复制了,包括人的手、脚等。那么，人的思想呢？人心呢？请你继续以这种方式思考下去。

在理性主义的支撑下，所有人都知道乔西已经无药可救，大家都放弃了对她的治疗，也明白不要对她的康复抱有任何希望。人们想了很多办法，想用复制的方式来拯救乔西。然而，在所有人中，只有一个人没有放弃对乔西的治疗，还在千方百计地想办法救她。是谁呢？是克拉拉。注意，这并不是一个人。

在整本书中，始终出现两个字：太阳。我在想，这个太阳首先是为克拉拉提供能量的太阳能。其次，我觉得太阳象征着希望。例如，太阳的光芒洒在它的脸上，太阳的光辉穿透了谷仓。**这个太阳到底象征着什么呢？它象征着人类之间最真实的温暖，它是克拉拉那颗宝贵的人心。**

各位有没有注意到一个非常诡异的现象？在这个时代，机器人在做触动"人心"的事，而人类却在做机器的事。当人工智能越来越像人时，问题不在于机器人活成人，而在于越来越多的人活成了人工智能。当人们感受不到幸福时，一个机器人克拉拉，心里竟然住着一个太阳。

小说的最后一章，克拉拉被放置在一个废场中间，可能即将被抛弃处理。然而，它的语调依然坦然平静，它毕竟是个机器人，没有情绪，坦然地表达。我读这本书感到痛苦的原因之一，是书中没有太多情绪化的表达，机器人的语调非常平淡。

曾经在橱窗里安慰过它、鼓励过它的经理，在废场里再次遇到了克拉拉。通过他们的对话，我们可以知道克拉拉完成了它的使命，也就是说它完成了复制。但人类并没有发生本质的变化，他们的生活依然像机器人一样持续重复着。尽管乔西得到了帮助和救助，但她和李克之间的阶层壁垒依然没有被打破，他们仍然属于两个世界的人，无法在一起。

而当克拉拉即将告别人世时，那些曾经被它帮助过的人，没有一个来到废场为它送行。原因很简单，它只是一个普通的机器人，一个用完即丢的机器人。

这个故事的结尾是这样的：

"'你走之前，经理，我必须再向你汇报一件事情。太阳对我非常仁慈，他从一开始就一直对我很仁慈。不过在我陪伴乔西的时候，有一回，它格外仁慈。我想要让经理知道。'"

"'是的。我确信太阳一直对你很好，克拉拉。'"

"经理说这话的时候，转向了身后那片宽广的天空，一只手举在眼前；有那么一刻，我俩一起望着太阳，接着她又朝我转过身来，对我说道：'我得走了。好啦，克拉拉，再见了。'"

"'再见,经理,谢谢你。'"

"她俯身去拿她刚才落座的那只金属箱,将它拖回了原处,发出同之前一样刺耳的噪音。接着她便沿着两排杂物中间长长的通道走远了。很显然,她的步态同她从前在店里的时候不一样了。每走两步,她的身体就会偏向左侧一回,那样子总让我担心她的长外套,会碰到肮脏的地面。就在她走到中景处的时候,她停下脚步,转过身来,我以为她或许是要回头再望我最后一眼,可她只是凝望着远方,望着地平线上那台建筑吊车的方向,接着,她又继续迈开了脚步。"

这是全书的结尾,我读完后感触颇深,最后只有经理对克拉拉说了一句"再见"。克拉拉有一句话是"太阳对我非常仁慈",让我感到特别感动。这句话充满了无奈,但也充满了美好。

用一句话来总结这本书的主题,那就是:一个叫克拉拉的机器人,它的理想是无限接近人类,它希望成为真正的人类。但当它在追求人性化、人格化和理想化时,人类却在追求机器化。

石黑一雄的确非常出色,他用反讽的手法,以温柔的方式,讲述了一个残酷的故事。在这种思考中,石黑一雄带来了《克拉拉与太阳》。

整本书的情节就分享到这里,现在我想和大家一起思考几个问题：什么是爱？什么是人心？什么是人性？如果这些东西可以被替代，那么人类真正不可被替代的东西是什么？如果机器人的学习能力比我们更强，我们的独特性又在哪里呢？

最后，我想谈谈我对这本书的一些额外看法。2017年12月，石黑一雄在斯德哥尔摩诺奖演说的最后做了一个演讲，这个演讲大家可以去查一下，写得特别好。他建议：我们应该放松对"好文学"的定义。

很多人经常问什么是好文学？我花了一个下午的时间读《克拉拉与太阳》，有很长一段时间无法深入，因为它并不是所谓的"好文学"。我们总认为文学应该是讲述一个故事，我们总喜欢把好文学等同于一个好故事，把好文学等同于幽默的文笔，或欢快的文笔，甚至励志的文笔。然而，文学真的能被定义吗？

我认为《克拉拉与太阳》并不属于传统意义上的"好文学"，因为它难以理解，表达方式有点冰冷和抽象，很多部分单调无聊，很难读进去。即使读完后，也很难将整本书的重点和虚构世界的基本轮廓印刻在心里。然而，石黑一雄在那个演讲中透露出，他并不打算写一部传统意义上的小说，他想告诉我们，文学完全有其他的可能性。

1989年，石黑一雄说："有时候我会想，书是否必须写得那么整齐有序,形式良好?说书的各个部分不成一体是一种批评吗?"石黑一雄一直在通过自己的努力改变别人对文学的定义,他甚至觉得写得杂一点、乱一点、散一点、不成体统一点,也是小说。1995年,他出版了《无可慰藉》;后来,2000年,又出版了《我辈孤雏》。这些小说都按照他的逻辑去突破文学的一些边界。直到今天,我们可以看到,石黑一雄在文学上又有了自己的突破。

小说里有一段话是这样说的:"太阳总有办法照到我们,不管我们在哪里。"

石黑一雄可能想告诉我们,不要设限,这个世界会越来越美好,你可以活得越来越不一样。当人越来越像人工智能时,请记住,你可以活成一个不一样的人,找到自己的光芒。